ぶたぶたの休日

矢崎存美

徳間書店

CONTENTS

お父さんの休日／1

今日届ける予定の荷物をチェックしながら、樋口新一《ひぐちしんいち》は一つの箱に目を留《と》めた。日付指定——つまり今日六月十七日に届ける予定の薄くて軽めの荷物だ。別に怪しいものではない。問題は、その受取人名だ。

山崎《やまざき》ぶたぶた様

ペンネームかな、と思う。変な名前はいろいろあるので、あまり驚いたりはしないが、何だかかわいらしい。差出人は、どこかの会社らしいが、書かれた名前だけではいったいどんな会社なのかはわからない。中身については、「衣類・布類」というハンコが押してある。なるほど軽い。ちょっと動かすと、かさかさと衣擦《きぬず》れのような音がした。紙かもしれないが。

日付指定の場合、忘れていると困るので、電話で確認を取る。樋口は、事務所で電話をかけた。しかし、なかなか出ない。時刻は八時半。寝ているのかな、と思った瞬間、かちりとつながった。

「……もしもし」

明らかに寝ていた声だ。これが、〝山崎ぶたぶた〟氏の声だろうか。寝ぼけた中年男の声にしか聞こえない。多分、家族なのだろうけど。イメージでは、若い女性って感じだし。

「もしもし。山崎ぶたぶたさんのお宅ですか？」

「はい……そうです」

あっさり肯定される。まあ、当然だろう。

「こちらは山手《やまて》運輸と申しますが」

「……はい？」

「今日、そちらにお荷物をお届けにあがるんですが、どなたかおうちにいらっしゃいますか？」

「え、荷物……は、はい、おりますけど……？」

「正午から二時までの間にうかがいます」

「え、正午？　今、何時ですか？」

「……八時半ですけど」

「八時半⁈　ゴミ出さなきゃ！」

電話口で、男は突然大あわてをし始めた。寝坊をしたんだろうなあ、と樋口は思う。しかしゴミ出しであわてるとは、のんきなものだ。

「じゃ、うかがいますので」

「あ、ありがとうございます。よろしくお願いします！」

ちゃんと荷物が来ること、憶《おぼ》えててくれるかなあ、と樋口はため息をついた。

車に乗り込み、ラジオをつけた。今は素晴らしく晴れているが、これから、早ければ午前中にも雨になるという。できればはずれてほしいものだ。

約束の未来

1

それは、本当に偶然だった。

飲み会からの帰り道、ふと映画館の看板を見上げた。好きな俳優が出ている映画だ。見に行きたいと思いつつ、上映時間が長いということで躊躇《ちゅうちょ》していた。レンタルがそのうち始まるだろうから、その時でいいか——と思って下に視線を移すと……。

あたしは我が目を疑った。一瞬にして別世界に行ってしまった気分だった。

そこは、壁のほんのわずかなくぼみだ。そこに、占い師がいるのは知っていた。小さなテーブルを出して、「開運」という行燈《あんどん》を灯している。そのぴったりとしたサイズにいつも感心していたが、見てもらったことはない。

占い師がそこに座っていたのはいつもと同じだった。そして、いつもだったらひげを生《は》やしたおじいさんが座っているのだが……今日は違った。

帽子をかぶって、袈裟《けさ》っぽいものを着たぶたのぬいぐるみが座って——いや、テーブルの上にちょこんと乗っていた。

あたしが最初に思ったことは、「留守番?」だった。いつものおじいさんがちょっと出ている間(トイレか食事か)の留守番。かわいらしいぶたのぬいぐるみを置いておくなんて、何だかとてもすてきだ。

思わず微笑《ほほえ》みながら、あたしはぬいぐるみに近づいた。煤《すす》けたピンク色で、大きさはバレーボールほど。つぶらなビーズの目で、右耳だけそっくり返っている。

「かわいーい」

知らずにそう口走っていた。

「あなたもかわいいですよ」

声が聞こえた。

「え?」

「占ってほしいですか?」

きょろきょろとあたりを見回したが、そばで話している人はいない。みんな足早に駅へ急いでいる。そろそろ終電も近いのだ。

「どうします?」

あたしはぬいぐるみを見た。声はそこからするようだ。

もしかしたら誰かテーブルの下に隠れているのかもしれない。からかわれているのかしら。でも、なかなかおちゃめだ。

「今日は時間ないの」

最近ちょっと忙しかったから、今日は早く帰りたかった。

「悩み、あるでしょ？」

「いえ、そんな」

手と首を一緒に振る。

「ほんと？」

あたしはまた首を振った。ほんと？　などとかわいく訊《き》かれると困る。確かに一月になったというのになかなか就職が決まらないって悩みはあるけれども、それはあたしだけじゃなく、周りみんなそうだ。さっきの飲み会は、それの確認をしあったようなものだった。

「大学に四年通うよりも、専門学校で資格をとった方がよかったかなあ……」

と嘆く友人もいたが、今さらそんなことを言っても始まらないし、占ってもらっても解決はしないだろう。同じようなことを言い合える友人がいるというのだけでもありがたいものだ。

「私、今日ここは代わりなんです」

ぬいぐるみの鼻先が動いた。

「代わり？」

「そう。いつもおじいさん座ってるでしょ？　彼、今旅行に行っててね、月曜日からまたやります。その間の留守番なんです、私は」

「はあ」

あたしの予想は当たったらしい。思わずほくそ笑んでしまう。

「で、気が向いたらここに連絡してもらえますか？　ここだけじゃなくて、違う場所でもやってて、そこは日曜日からだから。そっちを予約してもいいし」

ぬいぐるみがテーブルの上を指さしたように思えたのでそっちを見ると、名刺が何枚か置いてある。一枚取った。

「遠慮なく来てくださいね」

ぬいぐるみは手を振った。とてもかわいらしい。あたしはぴょこんと会釈《えしゃく》をすると、駅に向かう。

後ろを振り向くと、もう柱の陰になってぬいぐるみは見えなくなっている。あたしは首を傾《かし》げながら、駅の階段を下っていった。

アパートに帰って、お風呂《ふろ》に入ってから、もらった名刺を出し、しげしげとながめた。住所は、番地の後ろに「喫茶ロコン内」とある。喫茶店の一角で営業しているのだろうか。そんな占い師がいたような気がする。あれは探偵だったっけ？

どうもあのすきまにいるのは夜だけで、昼間は喫茶店にいるらしい。木曜日以外は営業している。

「あさって……行こうかな」

今週末は珍しく、何も予定が入っていない。友人たちとは都合が合わず、なら実家にでも帰ろうか、と思ったのだが、両親そろって旅行に出かけて家は留守だ。やっぱり映画に行こうか、と思ったが、例の映画は何とかという映画賞を受賞したとかで、また混み始めてきたらしい。さっきニュースで言っていた。

うちでごろごろしているのも、何となくだらしない。明日は掃除や洗濯でつぶれるだろうが、日曜日なら——。

「どんな人なんだろ……？」

まるで生きているみたいにぬいぐるみをあやつる占い師の顔を想像してみようとしたが、うまくいかなかった。

日曜日、お昼前くらいに、喫茶店へ連絡を入れた。

「はい、ロコンでございます」

明るい女性の声が聞こえた。

「あの、そちらに占い師の方は……」

「はい、いらっしゃいますよ。ご予約ですか?」

勝手知ったる、という感じで女性は言う。

「はい。あの、今日は大丈夫でしょうか……?」

「はい、大丈夫ですよ。あ、ちょっと替わりましょうね」

ごそごそ、と音がして、

「あ、お電話替わりました」

この間聞いた声が出た。

「あの、この間名刺をいただいた者なんですけど……」

「ああ、新宿で。どうもすみませんね、さっそく」

憶《おぼ》えていたようだ。

「お時間にご希望はありますか?」

「そちらの空いている時間でいいです」

「そうですか。じゃあ——二時はいかがでしょう?」

「はい、大丈夫です」

余裕で行ける。

「では、二時ということで。見料《けんりょう》は、一時間件数かかわりなく一万円です。延長はあとが入ってなければかまいませんが、一回につき一時間までです。延長料金はいただきません。時間は決めておきますか？」

占いの相場というのはよくわからないが、件数関係なく、最大二時間見てもらって一万円というのは安いのだろうか、高いのだろうか。前もって金額を言ってくれるというのは、良心的な気がするけれど。バイト代が入ったばかりだから、金額的には無理はないが、だいたい当たるかどうかもわからないのに……。

あのぬいぐるみのせいだ、と思う。あんなもの見なければ、絶対に電話などしなかったろう。占いにももちろん興味あるが、あのぬいぐるみをどう動かしているのか——いや、もしかして、あれが本当に占ってくれるかも、なんて子供じみた期待もある。だから今こうして電話しているのだ。

「あ、えーと、一時間でいいです」

とにかく、行ってみなければわからない。

「わかりました。ここの場所はわかりますか？」

「いえ、ちょっと……」

「じゃあ、店の人に替わります」

さっきの女性が出てきて、喫茶店の場所を教えてくれた。ここから三十分もあれば行ける街だが、店は住宅街の一角にあるらしい。

「迷ったら、また電話ください」

方向音痴《おんち》ではないものの、ちょっと不安に思いながら、あたしは電話を切った。

しかし、店はあっけなく見つかる。古ぼけたカントリー調の店先が、妙に無機質な住宅街から浮いて見えたからかもしれない。

〝手作りケーキと紅茶　ロコン〟

と内容とはそぐわないダイナミックな手書きの看板を横目に、あたしは中に入った。

紅茶のいい香りがあふれた店内は明るく、静かだった。BGMはクラシックがかすかに流れている。人は適度にテーブルにおさまり、騒がしい話し声も聞こえない。曜日や時間に関係なく、ここはいつもこんな感じなのではないか、と思える雰囲気《ふんいき》だった。

「いらっしゃいませ」

エプロンをした女性がやってくる。さっきの電話の女性のようだ。

「あの、二時に予約している佐野《さの》ですけど」

「あ……」

女性は一瞬顔を曇《くも》らす。あたしは首を傾《かし》げた。

「……すみません、とりあえずお席にご案内しますね。あちらへ、どうぞ」

女性が示した手の方向を見ると――この間見たピンクのぶたのぬいぐるみが、裸で窓際の席に座って、何かノートを熱心にのぞきこんでいた。熱心に？　そんなバカな。

「ぶたぶたさん、お客さまが――」

その声に気づいたのか、ぬいぐるみはノートをぱたんとテーブルの上に広げて、こちらを向いた。

そして、椅子《いす》の上に立つと、下にぴょんと飛び降り、こちらにとととととっと歩いてくる。

「この間はどうも」

そう言って、ぺこりと頭を下げた。

その間あたしは、呆然《ぼうぜん》と突っ立っているだけだった。この間のぬいぐるみは……留守番だったんじゃなかったの?! そりゃ……多少は期待してたけど……でもそれは、本当にバカみたいな空想で……。

「あの……占いって……」

「すみません。せっかく来ていただいたのに。驚いてますか?」

当然のことをぬいぐるみは言う。エプロンの女性があたしをのぞきこんだ。

「とりあえず、お茶でもお出ししましょうか?」

無言でうなずく。そして、うながされるままテーブルにつき、出してもらったお茶を一杯飲んだ。ほとんど一気飲みだった。味もよくわからない。外が寒かったので、温かいのはありがたかったが、普通の紅茶だったように思う。何しろ目の前で、ぬいぐるみにじっと見つめられていては……。

「落ち着きましたか？」

まだ落ち着いていなかったが、反射的にうなずいてしまう。

「ちょっと事情をご説明しますね」

事情？　事情って何？　ここに何しに来たんだっけ。ああ、占いか。あたしは、やっぱりこのぬいぐるみに占ってもらうのか。このあたしの目の前で、真っ赤な色をしたハーブティーらしきものを飲んでいるぬいぐるみに。そのために、あたしは三十分かけてやってきたのか。せっかくの日曜日……休日だというのに。

「ええと、私は山崎ぶたぶたといいます。ぶたぶた、とお呼びいただいてけっこうです」

「ぶたぶた……？」

そのあまりにぴったりした名前に、あたしの顔は奇妙な笑みで歪《ゆが》む。よほど変な顔をしていたに違いない。目の前のぶたぶたが突然絶句し、エプロンの女性が「お茶のおかわりいかがですか？」と割り込んでくるほど。

「──あたしの名前は佐野理恵《りえ》です」

「は？」

「誕生日は五月十日。血液型はBで、あ、ええと生まれた年は──」

何だかやけくそになって、自分のデータをぶちまけてしまう。しかしぶたぶたは、そんなあたしをさえぎった。

「違うんです、違うんです」

「……何？」

「本当にすみませんね……」

ぶたぶたは、すまなそうにうつむいた。

「今日、あなたが見てもらおうとしていた占い師の人、まだ来ていないんです」

「え？」

まだ来ていない、って……じゃあ……。

「あなたに占ってもらうわけじゃないんですか？」

「そうですよ。私はほんとに留守番だったんですから」

「じゃあ、いつもあのくぼみに納まってる人が……？」

「そうです。田村《たむら》さんっていうんですけどね。水曜日から長野の方の温泉に行って、今日の午前中に帰るはずだったんですけど、連絡もなくて」

そう言って、とても困ったようなしわを顔に寄せた。

あたしは、いつの間にか目の前に出されていた紅茶のおかわりを口に運んだ。熱くて、いきなりむせる。

「大丈夫ですか？」

「は、はい、平気、ですっ」

しばらく咳《せ》き込んで、ようやく落ち着く。大きくため息をついた。

「あなたに占ってもらうんじゃなかったんですか……」

ちょっとがっかりしている自分に驚く。

「ええ。田村さんは、私の占いの先生なんです」

「先生？　勉強してたんですか？」

「そう。手相が主ですけど」

あたしは、ぽかんと目の前のぬいぐるみを見つめる。いったい何の会話をしているんだろう。振り返ってカウンターの中にいる喫茶店の人を仰《あお》ぎ見るが、彼らは心配そうな顔をするだけで、こっちが何を思って見ているのかはわかっていないようだった。お客も常連らしく、みんな同じような表情を浮かべている。

「占い師になりたいんですか？」

「そうですね。興味は元々あって、田村さんに『向いてる』って言われたから、勉強しようかと思ってたところだったんです」

ぬいぐるみは、淡々と説明する。鼻の先をもくもくと動かしながら。ついその鼻に注目してしまう。何だか催眠術みたい、と思う。規則的に動くそれと、ビーズのような目を見ていると、何だか眠くなるような……。

「だから、せっかく来ていただいたんですが、少しお待ちいただくか、後日また予約していただくしかないんですが……」

はっと意識を取り戻す。いや、そんな大げさなものではないが、ほんの少しうたた寝のようになっていたことは確かだった。

「はあ……占いを、ですよね？」

「そうです。すみません。さっきから何度も連絡してるんですけど、携帯の電波も届かないらしくって」

「宿泊先とかには連絡したんですか？」

「もうそっちは出たらしいんです」

単なる遅刻なのか何なのか——あたしには判断しようがなかったが、何だか店の雰囲気は暗かった。

「もうちょっと待ってみたら？　田村さんの占い、当たりますよ」

隣のテーブルの初老の女性が、ふふっと笑いながら言った。

「あたしも、一時から待ってるの」

どう答えたらいいのかわからず、あたしはついぬいぐるみに向かって、こんなことを言ってしまう。

「あの……あなたに占ってもらうことってできないんですか？」

せっかく来たんだし。

「私ですか？」

指なんてない手でぶたぶたが自分を指さす。

「ええ。だって、あたしあなたが占ってくれると思ってたんですもん」

そう言ってしまうと、本気でそう思っていたように思えてくるから不思議だ。

「あ、そうなんですか⁈　それは説明不足で……申し訳ありません」

彼は、頭をかくような仕草をした。

「けど、習っているとはいえ、まだ何も……って言っていいくらいなんですよ。手相の入門書とか見て得た知識以上のものもないんです。あなたが自分で占ったとしてもあまり変わらないと思うんですけど……」

そうだろうか。このような不思議な存在なら、その口から出てくる占いにはそれ相当の説得力があるのではないだろうか。

「けどあたし、せっかく占ってもらいに来たのに――」

ぽろりと口からあふれた言葉に、はっとする。そんな、ただのひまつぶしだったはずだ。何かを期待したわけでも、楽しみにしていたわけでもないのに……ただ、今日は一人だったから……。

「何か悩みがあるんですか？」

ぶたぶたの言葉に、あたしはためらう。

「占えるわけではありませんが、お話をうかがうぐらいならできますよ。田村さんが言ってたんです。『たとえ占った結果が一つしかなくても、それをどんな方向に持っていくかは人間次第だ』ってね」

「……悪い結果でも？」

「いい結果でも」

ぶたぶたの顔に、いたずらっぽい表情が浮かんだのを、あたしは見逃さなかった。

「悩みなんか、ないんです」

ため息をついて、そう言う。けれど、それは嘘《うそ》だ。あるけれども、何かが全体的に自分を覆《おお》っているような気がして、どんなふうに言えばいいのかわからないだけで——。

だから、ここに来た理由を強《し》いていえば、それが何だか気づかせてほしかったのだ。何かに悩んでいるけれども、それが何か、自分が何をすればいいのか、まったくわからないまま日々を過ごすのが不安になっていたから。

でも、こんなふうになって一つだけわかったような気がする。そんなに簡単に答えは見つからないってことだ。

「帰りますね、あたし」

あたしは立ち上がった。伝票を取ろうとしたが、それよりも早くぶたぶたの手がぽさっと置かれる。

「じゃあ、田村さんが帰ってきたら、お知らせしましょう。私、土日はたいていここにいるんで、午後いちくらいにご連絡いただければ――」

一応連絡先は教えたが、もう二度とここには来ないだろう、と思いながら、あたしは店を出た。

2

「何わがまま言ってるの？」

母のとがめるような声は、受話器を通しても耳に痛かった。

「大変なのはわかるけど、そんな安易に考えるもんじゃないよ」

あたしは何気なく、「就職しないで、しばらくアルバイトしようかなあ」と言っただけだ。そんな本気で言ったわけではない。なのに、まるでもう、そう決めたと言わんばかりに、母は噛《か》みついた。まだあきらめたわけじゃないのに……。

ただ、先週と今週では事情が違う。みんな同じだったはずなのに、なぜか急に内定をもらう子が増えたのだ。周りでは、半分の子が決まった。これを「もう半分」ととるか、「まだ半分」ととるか――それさえ、あたしは決めかねているというのに。

「バイトって、何するのよ」

「うーん、何でもいいんだけど」

「どうせするなら、お金のためだけっていうのはやめなさい。何かやりたいことはないの？　そのためにするんなら、お母さん反対しないよ」

母の言葉に、あたしは考え込む。だいたいその残りの半分の子たちの中から、そんな声が出たので、ちょっと言ってみただけなのだ。フリーターだからって、今時そんな珍しいものではないのだし。

「そういうのも、特に……」

正直に答えるしかなかった。受話器の向こうから、母の大きなため息が聞こえる。

「あんたそれ、大学卒業しようって歳《とし》の娘が言うこと？」

母親の声に、あたしは唇を噛む。こう言われることはわかっていたのだ。なら電話をしなければいいのに、なぜかかけてしまう。未成年じゃないんだから、事後承諾だっていいのに。

「まったくそんなにふらふらして——身入れて働くか、どうせなら結婚でもしてよ」

そんな母の言葉を、黙って聞く。もっともだと思う。実感が持てない状態で就職、あるいはバイトをしても、果たして働いていると言えるんだろうか。このまま一人暮らしを続けても、たった二駅しか離れていない実家にしょっちゅう帰り、こうして小言《こごと》を言われることがわかっていても電話してしまう。かといって、結婚してくれそうな相手も見つからないし――。

ああ、そうだ。せめてそんなふうにでもあの占い師――ぬいぐるみを訪ねた時、言えばよかったかな……。

頭の半分でそんなことを考える。でも、そんなこと恥ずかしくて言えない、という気持ちもある。それに、「向いてる職業は？」「結婚はいつ？」なんてこと、もし教えてもらっても安心できるとは思えない。

何だか気分がどんどん暗くなっていく。母の話のせいだ、きっと。わかってることを、何度もくり返すから。

「わかった、わかったよ」

あたしの投げやりな気持ちが口調に表れたことを、母は敏感に察した。

「わかってない！」

あたしは驚かなかった。またいつもの説教が始まるとわかっていたからだ。

「あんた、この間二十二になったばかりでしょう。けど、まだ二十二だって思ってるでしょ?! 若いからって油断してるけど、違うんだよ。あっという間に三十になるからね。それからは二倍の速度で四十になるんだからっ」

「ひどいなあ……」

しかしその抗議には力がなかった。いつもならその場だけでも反発をする。けれど、それが本当の反発ではないと何となくわかってきた。周囲が落ち着いてきたり、反対に焦りだしたりしたのが、けっこうこたえているらしい。

「自分の歳を、重ねた年齢じゃなく、生きてきた年数でしか感じられないなんていやだ」

ただ歳をとっていくだけなんて――と友だちが言っていたことは、母が言っていることと似たようなものなんだろうか。この間まで「まだ若いから」なんて言っていたのに……。誰かに何かを吹き込まれたのかもしれない。

「いっそお見合いでもする？　おばさんがまた写真持ってきたけど、こないだ。いいお話みたいだよ」

「……してみようかな……」

「あら」

母はびっくりしたように黙りこくったが、すぐにはずんだ声になった。

「あら、珍しい。今までずっと『やだ』って言ってたのに」

「だって、今彼もいないしさ」

いてもいなくても何となく「いやだ」と思っていただけだが、単なる紹介、と思えば、友だちもおばもそれほど変わりないように思えてくる。

母は急にはりきりだし、どんどん段取りをつけてしまった。おばとも連絡を取り、その夜のうちに次の日曜日、相手の男性と会うことが決まってしまう。

「やめるなんて言わないのよ」

母とおば、両方から釘を刺されて、あたしは「信用ないなあ」と苦笑をした。

期待は全然していなかったのだが、都内のホテルで会った相手の男性はとても感じがよかった。五つ年上だが、趣味や価値観にも好感が持てたし、公務員という安定した職業と、新築のマンションを持っていた。

「しかも三男だよ」

と、紹介したおばが耳打ちをする。おばやその男性の実家がある地域では、〝家〟の意識がまだ強かった。あたしにはなかなかなじめないけれども。しかし、三男の嫁ならば、そう締め付けも強くない……らしい。

理想的な縁組みだ、と周囲の人間は言う。何よりあたし自身、大学を卒業してすぐに家庭に入る、ということに、思ったよりも抵抗がなかった。今まで当たり前にやってきた就職活動に、急速に関心を失《な》くしてしまうほどに。

あとは相手次第だったが、彼はあっさりとあたしのことを気に入ってくれ、両家の間でとんとん拍子に話が運んだ。一ヶ月後には、結納や式の日取りが決まってしまっていた。卒業してすぐ——六月に挙式、新婚旅行はオーストラリアとニュージーランドだ。

自分は家庭向きの人間だったのかなあ、と思う。こんなに簡単に結婚が決まるなんて、思ってもみなかった。

環境は激変した。アパートは引き払い、実家に戻った。卒業後の結婚式に向けて、式場側と打ち合わせをしたり、新居のインテリアを選んだり、料理学校に通ったり、エステに行ったり――そして、その合間に婚約者とデートをし、たまに大学へ行く。子供ができたら必要だろうと、しばらく乗っていなかった車にもよく乗るようになった。絵に描いたような花嫁修業だ。

父だけは少しの間ぶちぶち言っていたが、婚約者の人柄に安心したのか、ようやく納得をしたようだった。一度くらい働いてから、と思っていたらしいが、ニュースで不景気の話題が出るたびに、ほっとしたような顔であたしを見ている。

大学の友人たちに婚約を伝えると、みんな予想どおりに驚いた。露骨に「うらやましい！」と言う子もいたし、

「そんなに焦って結婚しなくたっていいのに。もっといい男がこれから出てくるかもしれないよ」

と、少し意地悪いことも言われた。それもありえるかも、とは思うが、彼とはけっこう気が合うのだ。条件だけで選んだわけでは決してない。

けれど、そんなことを言うのはわずかで、ほとんどの友人からは、

「理恵って、ほんとに恵まれてるよね。おめでとう」

という言葉をもらった。

それに「ありがとう」と返しながらも、あたしは心の中で「そんなことない」ともくり返していた。何だか矛盾《むじゅん》している、と思いながらも、その気持ちは拭《ぬぐ》えない。「そんなことない」ともし言ったとしても、正しく自分の気持ちを表しているとは思えなかったからだ。

何だか違う。あたしは、何て言えばいいんだろう。

高校時代の親友・睦美《むつみ》にだけ、そんなもやもやした気持ちを相談してみると、彼女は、

「いい占い師がいるから。紹介してあげる」

と言った。紹介でしか見ない占い師で、彼女も一年前、姉とともに小さな雑貨店を開いた時、親戚《しんせき》からのすすめで行ったのだという。

「けっこう当たってたし、言われたとおりのことをしたら、経営も順調になったの」

その占い師も、喫茶店で営業しているという。まさか、あの時の——と思ったが、行ってみるとまったく違った。確かに喫茶店だったが、カウンターと小さなボックス席のこぢんまりしたところで、一見すると喫茶店というより、スナックのようだった。実際の占いは奥の小部屋で行う。

「彼、連れてこなかったの？」

「うん。何だかあんまり興味持ってない気がしたから、話してないの」

「一緒に見てもらった方がいいのに」

多分そのとおりなのだろうが——何となく気にしているのは自分だけのように思えたから、彼には黙ったままだった。

しばらくして出てきたのは、プロ野球チームの監督みたいな風貌《ふうぼう》の、話し好きなおじさんだった。普通の人にしか見えず、ひげも生やしていなかった。

件数や時間に制限はなしだと言うが、だいたい二時間程度で、金額は二〜三万円だという。あそこよりも高い。だからって当たるとは限らないが。

占い師は、あたしと婚約者の生年月日やこれから住む予定のマンションの間取りなどを見ながら話をする。

「相手の方とあなたは、とても相性がいいですよ。家族にも恵まれる。なるべく早く子供を産みなさい。親孝行のいい子が生まれるから。家の間取りや、土地の方位もいいね。あなたにも相手の方にも、最高の方向ですよ」

「よかったじゃない！」

睦美は歓声をあげるが、あたしは今一つぴんと来ない。誰にでも言いそうなことではないか。

「ただ、結婚生活はあなたに少し負担をかけますね」

まだマイナスの事柄の方が、信憑性《しんぴょうせい》がある。あたしって、こんなひねくれ者だったっけ？

「相性はとてもいいんだけれども、あなた少しぽーっとしたところあるね。どう相性がいいかなんて、今言われても考えてないでしょ？」

「はあ……」

確かに——でも、いいことなんてみんなそんなに深刻には考えないものだ。

「相手の方は大らかで、細かいところは気にしない。悪い言い方をすれば大ざっぱなわけです。あなたぽーっとしてるって言ったでしょ？　でも、それ、決して元々そうってわけじゃない。基本的には、細やかかね。細かいことを気にして気にして……わかんなくなっちゃってあきらめるタイプですよ。そのあきらめが、あなたをぽーっとさせる」

隣で睦美が「おおっ」と声を出す。それは、「当たってる」ってことなの？

「あなたが本来の細やかな部分を出せれば、大ざっぱな旦那をうまく支えて、支えてもらって、結婚生活はうまくいきますよ。でも、ぽーっとしたままじゃダメだなあ。旦那はいいよ、大ざっぱだから。けど、あなたはつらくなってくる。我慢して生活するのはいやでしょ？　けど、それだけ気をつけてれば、あとは順調ですよ」

あたしは無言でうなずいた。

「じゃあ、気になったところを解決するまであきらめなければいいってことですか？」

あたしのかわりに睦美がたずねる。

「そうですね。相手の人と一緒にいれば、感化されてあんまり気にしなくなるかもね。だから相性いいんですよ。そんな、気にするって言ったって、それほどのことじゃないかもしれないし」

けっこうずけずけ言う人だ——と思いつつ、当たっているような気もして、何も言い返せない。気がするだけなのだが。けれど、婚約者や双方の家族については、簡単に「当たっている」と受け入れられた。

総合的には、人間関係などに多少の問題はあっても、あたし自身が気をつけていれば、特にトラブルにはならない。悪い方位にお札や水晶などを置く程度で、波乱もないが、ひどい不幸もない、平穏無事な人生を送れる——。

「よかったね。悪いことあまり言われなくて。けっこう当たってたと思うけど、どう?」

終わってから睦美にそう言われたが、どうも素直にうなずけない。

「うーん……当たってたのかなあ。睦美が言うならそうかもね」

その曖昧《あいまい》な態度に、彼女は意外な言葉をあたしに浴びせた。

「少なくとも彼とは相性がいいんだから、安心しなよ」

あたしははっとなる。睦美はもう一度、畳みかけるように、

「彼のこと、好きだよね」

「好きだよ」

今まで会った男性の中で、一番いい人だ。あたしには、もったいないくらいの人。

「だったら、もっと幸せそうな顔しな」

そんなこと――あたしはとても幸せだと感じているのに。

「理恵、ほんとに結婚のこと、真剣に考えてる？　何も変わってないみたいに見えるよ」

「そんなことないよ」

そう見えないのだとしたら、それは多分、変化があまりにも急だったからだ。

睦美と別れてから、電車に乗ろうとホームに立った。ホームに点々とある鏡の前を通りかかり、ふと足を止める。しっかりと化粧をし、髪もきちんとブローして、服装も彼の好みに合わせてフェミニンなワンピース――。もうすっかり若奥様みたいだった。こんなに変わったのに、睦美は変わってないなんて言う。

今の自分の外見に似合うような笑顔はできるけれども、幸せそうな顔ってどんなのだろう。

あたしはいったい、どんな顔をしているんだろう。

乗るはずだった電車をやり過ごし、次にやってきた反対方向の電車に乗る。

あたしは、ほんの二ヶ月ほど前に行ったあの喫茶店を目指していた。たったそれしか時間がたっていないのに、もう記憶がおぼろだ。それでも歩いていくと、喫茶店はあっけなく見つかる。けれど、ドアは固く閉ざされ、「申し訳ありませんが臨時休業いたします」という貼《は》り紙《がみ》がされていた。

あのぬいぐるみから連絡が来ていないことは、あまり気にしていなかった。多分忘れているんだろう。普通そんなものだ。今日、もしやっていたら、さっき占ってもらったことを、もう一度訊いてみようか——と気まぐれに思い立って来てみただけだから、だめなことだって、予想していたうちに入る。

それでも、あたしの帰り道の足取りは重かった。もうあのぬいぐるみには、会えないのかもしれない。占ってもらうことは無理でも、話ぐらい聞いてくれるって言っていたのに……。

ちょっとだけでも話がしたかったな。あたしはチャンスを逃したってことなんだろうか。何のために占ってもらったのか……少し睦美に申し訳なかった。

3

料理学校でできた友だちとお茶を飲んで帰る途中、その映画の看板を見つけた。

以前見ようと思いながらもすっかり忘れていた映画だ。今時二番館で上映とは珍しい。予想以上にヒットしたからなんだろう。

レンタルで出回るのはだいぶ先かも、と思い、あたしは思い切って映画館に足を踏み入れた。三時間にも及ぶ大作のうち、最初の三十分の間、何度か居眠りをしたが、最後はけっこう感動し、涙も少し流した。明るくなると、元々人が少なかった館内が、さらにがらがらになっていた。

期待していたほどではなかったが、損した気分もなかった。ほどほど、という奴だ。婚約者が見たと言っていたから、話のタネにもなる。

外に出ると、とっぷり日が暮れていた。みんな帰宅を急いでいる。あたしも早く帰って、彼に電話をしなくちゃ。

そういえば、あの時もこんなふうにこの街を歩いていて、駅前の映画館の看板を見上げて、視線を下に落としたら、ぬいぐるみが座ってたんだっけ。映画はもう違うものがかかっていたが、同じように視線を降ろしたら——くぼみではなく、人だかりが目に入ってきた。

たった四、五人のものだったが、あたしにとってはとても珍しいものに見えた。ここにこんなに人が並んでいることなんて、なかったからだ。

女の子ばかりの頭の上からそっとのぞいてみる。

「あっ……！」

小さく声が出てしまう。机の上にはあのぬいぐるみがいつかのように座っていた。袈裟も帽子もない。机を前に座っているのが一人。周りを取り囲んでいるのはその友だちのようだ。みんな十代くらいに見える。

「こないだ、当たったよ、ぶたぶたさん！」

今風の髪型と服装の女の子が、大声で叫んだ。ぶたぶたは、ちょっと耳をふさぐ仕草をする。

「当たったって、占い師じゃないからね、僕は」

「けど、バイト先で叱《しか》られなくなったよ！」

かなり興奮しているようだが、うれしそうだ。

「ちゃんと朝ごはんは食べてるの？」

「ううん。でも、当たったから食べるよ」

何だろうか、その理屈は。

「今日はね、友だち連れてきたの。当たるって言ったら、みんな見てもらいたいって」

「言っとくけど、占い師じゃないんだよ」

ぶたぶたは、上から見下ろしている女の子たちに向かってそう言った。女の子たちは、かなり戸惑っているように見える。

「じゃあ、何？」

一人の女の子が訊く。

「ただ話をするだけだよ」

「えーっ、ぶたぶたさん、大丈夫だよ、占いにしちゃいなよ！」

座っている女の子が、ぶたぶたの肩をぱふぱふ叩《たた》く。一応加減はしているようだ。叩いてすっ飛ばしたことなどあるのではないか。

「平気平気。当たるから、座んな」

近くにいた子が、むりやり座らされる。

「ほら、言っちゃいなよ。今の彼氏と結婚したいんでしょ？」

むすっと座り込んだ女の子は、ぶたぶたをまじまじ見つめ、あたりを見回す。あたしは、思わずそっぽを向いた。見ず知らずの人がいたら、話さないかもしれないから。

やがて、彼女は話し出した。

「あの……今つきあってる彼と結婚しようって思ってるんだけど、彼に全然その気がなくて」

まだ高校生くらいの女の子たちが、こういう切実な悩みから、「なんかイライラするの」という漠然《ばくぜん》としたものまで、ぶたぶたにぶちまける。

特に何か言うわけではないが、ぶたぶたが「それで」とか「どうして」とかうながすだけで、女の子たちは素直に話していく。話すだけで、占うわけではないから、何も指針は与えてくれないけれど、彼女たちは満足しているようだった。先ほどの戸惑った顔ではなくなっている。何も相談しないで、ただ「触っていい？」とたずね、そっとぶたぶたの鼻や耳や手先に触れる子もいた。

いつの間にかささやかな列ができていて、あたしはあわてて少し遠ざかった。ぶたぶたは、次の女の子グループにつかまっている。飲み会帰りのＯＬといった感じだ。

「手相見て、手相」

「だから、占いじゃないんだって」

「いいの、見てよ」

差し出された手を、拒否したにもかかわらず虫眼鏡で見るぶたぶた。鼻がレンズに当たってつぶれている。

「ピザ食べたでしょ」

「あっ、何でわかるの⁈」

「指からピザの匂《にお》いがするもん」

周りの女の子たちが、笑い転げる。

そんな調子で終電近くまで、くぼみの中では楽しそうな笑い声が響いていたが、やがて列もなくなり、ぶたぶたは片づけを始めた。折り畳みの机と椅子だけだったが、ぶたぶたではあまりに難儀な大きさだ。畳むのに四苦八苦しているように見えた。

「ぶたぶたさん」

たまりかねて、あたしは声をかける。

「あっ、あなたは……」

「佐野です」

「喫茶店にいらしたお嬢さん」

憶えていてくれたようだった。しかも意外なことに、

「連絡しなくてすみませんね。田村さん、まだ帰ってこないんですよ」

と言う。

「えっ、そうなんですか？」

ここをまかされるくらいになったのかと思ったのに――まさかそんな大変なことになっているとは思わなかった。だって、もう二ヶ月以上たっている。喫茶店が休みだったのに、何か関係があるんだろうか。

「それで、ここにいたんですか？」

「そう。場所取り、留守番ってだけだったんだけど、何となく人の話を聞くようになって――」

ぶたぶたは、照れたように頭をかいた。

「ここで毎日ですか？」

「毎日っていうか、田村さんが出てた曜日の夜だけ通ってます。喫茶店の方ではやってま

せんけど。私にも仕事があるんで」

仕事……ぶたぶたの昼間の仕事って何だろう――そうたずねようとした時、携帯電話が鳴る。

「あっ」

ぶたぶたは机の下にもぐりこんで、自分の身体の半分はある携帯を取りだした。

「はい、もしもし」

話し始めたぶたぶたの顔が、みるみる変わっていく。ただごとではない。いや、ぶたぶたも、多分話の中身も。

「――ええっ⁈」

ぬいぐるみが出したとは思えない大声に、あたしはさらにぎょっとする。

「はい、はい――そうですか。えっ、タクシーで？　――そうですよね。そこからじゃ――じゃあ、僕がタクシーで行きますよ。東京からの方が、まだいいでしょうから――」

ぶたぶたは、携帯電話を切ると、あわてて片づけの続きを始めた。

「あの、どうしたんですか⁈」

ただならぬ雰囲気に、あたしの声もうわずる。ぶたぶたの鼻が、猛烈な勢いで動いた。

「田村さんが見つかったんですよ」

「えっ、その人からだったんですか⁈」

「いえ、妹さんから。入院されてるそうです。新潟の病院に」

ぶたぶたは、ようやく机を畳み、つぶれそうになりながら頭の上に抱える。

「せっかくお会いしたのに、すみません。私これから、新潟に行くんで、タクシーを――」

と言いながら、転んでしまう。助け起こすと、鼻の先が汚れていた。

「タクシーで新潟まで行くんですか？」

「そうですよ。もう深夜バスも電車もない時間だし――」

ぶたぶたは、鼻をくしゅくしゅこすると、再び机を持ち上げる――というより、ひきずった。よたよたしているが、お構いなしだった。顔が必死だ。

「あの、あたしが送ってあげましょうか？　車、そこの駐車場にあるんです」

駅の地下駐車場を、あたしは指さす。ぶたぶたは立ち止まり、振り返った。

「そんな……新潟ですよ。そんなことお頼みできません。それにもう遅いし」

「平気です。あたし、時間なら全然大丈夫！　新潟なら、関越入ればいいんでしょ？　そこまでの道ならわかるし、もう夜中だから、すぐ着きますよ。平気平気」

何をむきになっているのだろう。何も関係がないはずなのに。いくら夜中だからって、何時間もかかることは必至なのに、わざわざ送っていこうなんて――どうしてそんなこと、あたしは言ってるんだろう……。

「タクシー、あんなに列作ってるし──」

あたしの指さした先を見て、ぶたぶたの顔に変なしわが寄る。そうなのだ。もう終電が出てしまっている。彼に見入っているうちに、時間はどんどん過ぎた。

こんな遅くまで一人で外出することなんて、結婚が決まってからはなかった。最近のあたしは行儀がいい。行き先を言って出かけるし、遅くなる時は必ず電話を入れる。言われたことをきちんと守っているので、母も感心しているほどだ。婚約者に、とても感謝しているらしい。

だから、こんなふうに携帯電話の電源を切っているなんてこと、普段のあたしならありえない。両親も、毎日電話で話している婚約者も心配しているはずだ。

ぶたぶたは、呆然《ぼうぜん》と立ち尽くしているようにしか見えなかったが、おそらくいろいろ考えているのだろう。こういう申し出を、なかなか受け入れられない性格なのかもしれない。次に彼から「いいです」と遠慮をされたら、あたしはきっと引き下がるだろう。何だかそれはとてもいやだった。説明できないけれど、強くそう思ったのだ。

あたしは思いきって、ぶたぶたが持っている折り畳みの机をひったくった。

「さあ、ぶたぶたさん。早く行きたいんでしょう?」

そう言って、後ろも見ずに歩き出す。ぶたぶたは我に返ったように、あたしの前へ回り込んだ。

「ほんとにいいんですか？」

「いいですよ」

お願いだから早くして。あたしの気が変わらないうちに。

「すみません、じゃあお願いします」

ぶたぶたはそう言って、ぺこりと頭を下げた。あたしはぶたぶたを抱き上げ、駐車場へ走り込んだ。


練馬のインターまでは少し混み合ったが、関越自動車道に乗ってしまうと、車はスムースに流れ出した。

「田村さんの妹さんご夫婦は、今大阪にいるんですよ」

何となく緊張していたぶたぶたは、高速に乗って、ようやく口を開いた。助手席のシートベルトにまるでくくられているような姿が、妙にかわいらしい。

「お仕事か何かですか？」

「いえ、田村さんは大学があちらの方だったので、手がかりを探しに。ご友人もいるので、話を聞きに行ってるんです」

「……あちこち探しに行ってるんですか」

「そうですね。以前来ていただいた喫茶店を夫婦でやってるんですが、あれからお店も開けたり開けなかったりで、二人で手分けして。けど、今回はたまたま二人一緒に出ていたんで、明日朝いちの新幹線で来るそうなんです」

まっすぐ前を向いて話す姿は、ただのおもちゃにしか見えない。

「入院って、怪我《けが》ですか？」

「いや、もうそこら辺、あわてててよく訊かなかったんです。とりあえず行けばわかるって思って」

かなり動転をしていたようだった。

関越自動車道は空《す》いていたが、単調に走り続けると眠くなってくる。あたしはラジオをつけた。

「あ、眠くなったら言ってください。運転代わりますから」

「えっ?!」

大声を出して手が滑った。あわててハンドルを握り直す。車はほとんど揺れなかったが、寿命はしっかり縮んだ気がする。

「運転できるんですか?!」

「まあ、一応」

「どうやって?!」

「いえ、普通に」

ぶたぶたは、手でハンドルを動かすような仕草をする。その黒い点目《てんめ》は、いたって真面目《まじめ》だ。

あんまりまじまじ見ていて、あたしはまた死の危険を感じる。話を聞くだけでもこんなに危険なのに、運転をまかせるなんて——絶対に眠いなんて言ってはいけない。サービスエリアで眠気覚ましを大量に仕入れなくては。

埼玉のはずれあたりで休憩に入った。こんな時間のサービスエリアは車もまばらで、何だか淋《さび》しい。

ぶたぶたは売店に走り、あたしは自動販売機の缶コーヒーを手に駐車場に立ち尽くしていた。春が近いとはいえ、まだ底冷えがする。缶コーヒーは熱く、冷たい手にじんとしみた。

不思議と眠くはなかったが、少し目が疲れていた。実は、高速道路を運転するのは久しぶりだったし、こんなに長丁場も経験なかった。買い物や近場の用事程度でしか乗らないし、遠出の場合はたいてい誰かに乗せてもらっていた。運転を代わることはあっても、たいていは補佐的な役割でしかない。

はっきり言って、車の運転はそんなに好きじゃないのだ。神経ばかりがすり減るような気がして……。

なのにどうして、今こんなところにいるのか……こんな経験、今まで生きてきて初めてかもしれない。

思わずため息が出る。

「あたし……何やってんだろ……」

「はい、どうぞ」

いきなり下から声が出た。はっとして見ると、ぶたぶたがアメリカンドッグを一本差し出していた。

「嫌い？」

「いえ、そんなことないけど……」

今の独り言を聞かれてしまったかと、あたしは焦りながら受け取る。

「お店の人が、ケチャップと芥子《からし》、両方かけちゃったんですよ、すみませんね」

そう言いながら、ぶたぶたがアメリカンドッグにかじりつく。いや、「かじりつく」という表現はおかしい。強いて言うなら、「吸い込まれた」だろうか。一口分。

「こういうとこ来ると、なぜか食べたくなりますよね」

どう聞いても食べ物が口に残っている声で彼は言う。口の周り……あたりに、ケチャップがついていた。

「あ、どうぞ、食べてください」

「は、はい……」

あたしは横目を彼から離さずに、アメリカンドッグを口に入れる。ケチャップの甘みと芥子の刺激に目がさめるようだった。まだあつあつだ。どこで食べても同じ味のように思えるから、できたてというのはうれしい。

ぶたぶたは、ソーセージの断面に息を吹きかけていた。そしてまた一口分、吸い込まれていく。ケチャップも芥子も落とさず、棒に残ったかりかりした衣もすべて食べてしまうまで、わずかな時間しかかからない。

「はい、どうぞ」

いつから持っていたのかナプキンをあたしに差し出す。もう一枚で口のあたりを拭《ふ》くと、ぶたぶたはすっかりきれいになって、食べる前と変わらないぬいぐるみになった。

あたしは、あわてて残っているアメリカンドッグを口に押し込み、缶コーヒーを飲み干す。

「じゃ、行きましょうか」

あたしが声をかけると、ぶたぶたはうなずいた。

「ほんとによかったんですか？」

出発してしばらくしてから、ぶたぶたが言った。

「え？　何が？」

聞き慣れない深夜のラジオに飽きてきた頃だったから、話しかけられたのはありがたかった。ぶたぶたは、黙っていると寝ているのか起きているのかまったくわからないのだ。

「おうちに連絡しなくて」

「大丈夫です。だってあたし、一人暮らしだから」

ちょっと前までは。

「それは嘘ですね」

だが少しののち、ぶたぶたが言った。

「え？」

どうしてわかったんだろう。

「少なくとも、一人暮らしじゃないでしょう？」

あたしは驚き、

「そうです」

と素直に答えた。

「ええと……ご実家に帰った、とか？」

「は、はい」

「ご実家は都内ですね？」

「……どうして？」

この……人、「占い師に向いている」って言われたと以前聞いた。こういう資質があるからなのだろうか。でも、そんなこと言われても、目の前にいるのがぬいぐるみなんだもの。それ自体が不思議なんだから、それだけでも言葉に説得力がありはしないか。でも、適当なことを言われても人が納得するっていうのは、単なる詐欺師《さぎし》だ。少なくとも、言っていることは当たっている。なぜ？

しかし、ぶたぶたの答えは拍子抜けするようなものだった。

「いや、服装が変わったんで、そう思っただけです」

「服装？」

「一回着たらクリーニングに出さなきゃいけないような服を着てるから。あなたが以前喫茶店に来た時は、洗濯機でざぶざぶ洗えるようなシャツとジーパンで、髪型もそんな手間のかかりそうなものじゃなかった。今は、マニキュアもしてるし。だから、日常的に生活を手助けしてくれる人がいるのかなと思ったんです。

それに、こんな平日の夜に車で新宿まで出られるなんて、家が近くて、仕事もやってないのかな、と。そうなると結婚しているか実家にいるかで、連絡がいらないとなると実家住まいだろうって思ったんですよ。さっきのサービスエリアで連絡を入れたんなら別ですけど。でも、新婚ってことなら、普通こういうこともしないでしょ？　それとも、学生さんで、就職までに間があるのかな」

「はあ〜……」

探偵とか刑事みたい、とあたしは思う。少なくとも、占い師とは違う。

「当たってました？」

「だいたい……もう卒業決まったんで、大学にはほとんど行ってないし、就職もしないから——。何か、見抜かれたのかと思いました。そういう不思議な力があるのかと……」

「ありませんよ、そんなもの」

恐縮したように鼻の前で濃いピンクの指先をぶんぶん振る。本人がそういう存在だから、ないとは実は信じられないが。

「けど、こういう点が占い師に向いてるって田村さんに言われたんです」

「そうなんですか？」

「でも、それだけじゃなれないと思うんですけどね、やっぱり」

ぶたぶたはそう言うと、まっすぐ前を向いてため息をついた。新潟の病院にいるらしい友人のことを思っているのだろうか。

高速道路は、上り車線の方をトラックがたくさん走っていく。荷物を東京に送るのだろう。あたしは、隣の小さなぬいぐるみを盗み見る。あたしはこれを、運んでいるのか、それとも送っているのか……。

「あたし、そんなに変わりました？」

「はい？」

ぶたぶたがびっくりしたように振り返る。うたた寝していたのかもしれない。

「喫茶店で会った時よりも」

「ええ、そうですね」

「でもあたし、幸せそうですか？」

ぶたぶたの返事はしばらくなかった。

「幸せそうには見えます」

ようやく戻ってきたのは、そんな答えだった。

「見えるだけ？」

突然あたしは、泣き出したくなった。何も理由などないのに——。

「違うの」

何に対しての否定なのかわからないまま、あたしは言う。泣きたくなんかない。泣く理由なんかない。だってあたしは恵まれている。運がいい。何でも都合良くことが運ぶ。だから、あたしには泣く資格などないのだ。

それが悲しい。

何も望まないから、何もうれしくなく、何にも涙を流せない。目の前に現れるものが、自分の待っていたものだと言い聞かせるのなんて、本当はいやだと思っているのに——。

「ぶたぶたさん、あたし、もうすぐ結婚するの」

ぶたぶたは、何も答えなかった。また眠っているのかと思ったが、点目はまっすぐこちらを見つめている。

「とってもいい縁談なの」

泣きたかったが、あたしは無理に笑った。

「けど、あたしには何もないの」

結婚したい理由もやめたい理由も、自分自身も。

「わかる？」

「わかりますよ」

ぶたぶたが、今度は間髪《かんはつ》入れずに言う。

「どうしたらいい？」

「正直になることです」

答えはシンプルだった。

「いいことも悪いことも、わかってもわからなくても、どうなるか覚悟して素直に言うこと。捨て身でやれば、思ったよりも後悔しないから」

あたしの涙がひっこんだ。次第に本当の笑いがこみあげる。

「ぶたぶたさん……それ、列に並んでた女の子たちみんなに言ってた……」

「あ、そうだったかなあ」

すっかり忘れているのか、頭をぽりぽりかいている。

みんなそれで納得したかどうかはわからないし、そんなこと当たり前のことなのだ。誰だってわかってる。でも、ぶたぶたが言うと、ほんとに彼自身がそうしてきたんだろうと思えるのだ。ぶたぶた、隠しようがない。だって、ただのぬいぐるみだもの。

あたしだって、ただの人間なのだ。

4

あたしは、そっと目を開けた。

外が明るい。ここはどこ？　自分の部屋じゃない……。

あたしはがばっと起きあがる。ここは、車の後部座席じゃないか。どうして?!　フリースのブランケットをしっかりかけて眠っているなんて。

いったいいつから寝ていたんだろう。ぶたぶたといろいろ話して、そのあと……。

眠くなってきて、それでも朦朧《もうろう》としながらハンドルを握ってて——

「危ないよ。ブレーキ踏んで」

柔らかい手がハンドルに添えられていた。あたしは言われたとおりにブレーキを踏む。車は、サービスエリアに入っていったようだった。

「ちょっとここで仮眠を取りましょう。後ろの座席に移って横になったら？」

催眠術にかかったみたいに、あたしは後ろの座席に移った。ブランケットがかけられる。が、すぐに起きあがって、

「十五分たったら起こしてください！　あたし運転しますから！　絶対起こして！」

そう叫んで、また横になって――そこから記憶がない。

まさか……ぶたぶたが運転をしたというの⁉

運転席にも助手席にも、ぶたぶたはいなかった。あわてて外に出ると、そこは何と病院の駐車場だった。大きな白い建物が目の前に建っている。駐車場には、あたしの車が一台あるきりだ。道路はきれいに雪かきがされ、そこここに大きな雪の塊《かたまり》がある。降っていなかったけれど。

時計を見ると、もう朝の六時を過ぎていた。だいたい、ほとんどノンストップで約五時間というところだろうか。ここが目的の病院ならば、だが。

しかし、そのうち二時間近くはぶたぶたの運転……ということなんだろうか？

夜間受付の矢印に従って小さな出入り口にたどりつく。

「あの……田村さんに面会、できますか？」

おそるおそるたずねると、警備員の男性が顔を上げた。

「あ、田村稔《みのる》さん？ ご家族ですか？」

「は、はい」

下の名前も知らなかったし、全然関係ないのだが、仕方がない。

「三階の突き当たりの病室です。五号室。お静かにね」

言われたとおり、三階へ行く。病院だから、もう一時間もすれば起床時間だろう。起こさないように、足音を潜めて歩く。

突き当たりの部屋のドアは、少し開いていた。カーテンが開けられているのか、明るい光が漏れている。

「いやあ、参ったよ、ほんとに」

すきまから、ぼそぼそと声も漏れてくる。

「おととい気がついたら病院でさ。ずっと意識がなかったって言われて、あの時はほんとにびっくりしたよー」

のぞき見ると、ひげをきれいにそった細面《ほそおもて》の男性が、ベッドに起きあがっていた。そして、ふとんの上にはぶたぶたがちょこんと乗っている。

「山スキーしていて滑落《かつらく》したみたいだってお医者さんが言ってたよ」

もくもくと動く鼻先を、男性はじっと見つめていた。何だかとてもうれしそうな顔をしている。

「うん。長野で温泉入って、すぐ帰ってくるつもりだったんだけど、何となく一日でもいいからスキーしたくなって。貸しスキーで山に入るのは危ないね。山用じゃないもんな」

そう言って、控えめにがははと笑う。

「何で新潟にまで行ったの？」

「それは俺なりに気をつかったのさ。長野の山はわからんのだよ。新潟なら、若い頃よく滑ったからね。でも、耄碌《もうろく》してるなんて思ってもみなかったし、荷物を川に流されちゃったから——」

それで身元がなかなか確認できなかったのか。

男性の笑い声が止まり、大きなため息が漏れた。

「変な気まぐれを起こすもんじゃないよなあ。多分、『まだ来るな』って女房が押し戻したんだと思うよ」

そう言うと、男性はしょんぼりとした顔になった。ひげがないからよくわからないが、あれが占い師の田村さんなのか。二ヶ月も意識がなかったのなら、だいぶやせてしまったのだろうが、比較できるほど憶えていなかった。

「それにしても、占い師なのにわからなかったの？　危険な日とか方角とか」

それはあたしも思う。だが、

「自分のことはわからない」

田村さんがきっぱりと言う。

「その方が楽しい。決めつけたりしたら、つまらんよ」

「占い師とは思えない言動だ」

ぶたぶたと田村さんは、声を押し殺して笑った。

「そうだ、ぶたぶたさん。どうやってここに来たの？　タクシー？」

ぶたぶたは、頭をふるふると震わす。

「車に乗せてもらってきた」

あたしの胸が、どきんと高鳴る。

「誰？　知ってる人？」

「ううん、田村さんは知らない。行方不明になってから、喫茶店に来てくれた人なんだよ」

「今どうしてるの？　もう帰っちゃったのかい？」

「疲れて車の中で寝ているよ」

あたしはあわてて立ち上がった。

「そうか。じゃあ、あとでその人を見てあげよう。ずっとただでもいいぞ。ここまでぶたぶたさんを連れてきてくれたんだから」

「自分のこともわからない占い師の言うことなんて、信用するかなあ」

「あ、ひどいなあ。昔からそういうもんなんだよ。誰だって自分のことはわかんないもんなんだから」

田村さんは、そう言ってぶたぶたの肩を叩いた。

二人はまだ話を続けていたが、あたしは病室をあとにし、再び駐車場に戻った。携帯電話を取り出す。昨日の夜以来、初めて電源を入れる。

白い息がほわりと空に立ち上《のぼ》った。日射《ひざ》しは明るいが、新潟の桜が花開くまでには、まだまだ時間がかかりそうだった。

何かが目の前に開けること――輝かしい未来があるなんて、信じていた頃がなつかしい。それはその頃の自分にとって、約束された未来だった。そうなって当然のものだと思っていたのだ。

けれど今は、その約束された未来と、自分が勝手にあきらめていた行く末が、さほど変わらない気がしてきていた。それは両方とも、それしかない、そうでなければ自分は幸せではない、と思うことから始まっているからかもしれない。

約束の未来も、あきらめの行く末も、今の自分にはない。あるのは、正直になることだけだ。

よく当たる占い師にだって、自分の未来は見えないんだから。

あたしは、メモリーに記憶してある婚約者の電話番号を選択した。

何を話すかは、まだわからなかったけれども、それさえもまっすぐに話せるような気がしていた。

お父さんの休日／2

ああ、失敗した。悠木冴子《ゆうきさえこ》は頭を抱えたい気分だった。

昨日の合コン、途中から記憶がない。そんなに飲むつもりはなかったのに。

親友が調達した合コン相手たちは、大学とか会社とかいうくくりではなく、なぜか〝幼なじみ〟だと言っていた。みんなこっちと同じ大学生らしいが、やたら金持ちで――つまり、そういうつながりの上での〝幼なじみ〟ということらしい。親友のセッティング能力はいつもながら抜群だ。ただ、いつも何か一つ欠けている、という点だけどうにかしてほしい。今回も、経済力、学歴、立ち居振る舞い、店の選択まで、非の打ちどころがなかった。が、問題は――顔が……。

いつもだったら、絶対に相手にしないような相手なのに、つい高い酒――特に目がないシャンパンにつられて、二次会まで行ってしまい、そしてそのうちの一人のマンションで目をさましてしまった。

考えただけでも不覚だ。いくら大きな部屋の違う一室で寝ていたとはいえ。紳士的なのか度胸がないのか、何かされた形跡もないけど、一人でのこのこ、あんな男についていったと思うと――友だちに知られたら何と言われるか。

歩いてなければ髪の毛をかきむしりたいくらいだった。今日は授業になんか絶対出ない。だいたい、ここはどこなの？「朝食を作るから」「送るから」という彼の申し出を適当に断って、あわてて出てきた。「マンション出たら、すぐに駅だよ」って言ったじゃないか。あんまり急いで歩いてたら、気分が悪くなってきた。ちょっと酒が残っている。学校の近くにもあるハンバーガー屋が、目の前に見えてきた。ああ、あたし、ここのハーブティー好き……。レッドジンガーのハーブティーをアイスでいれてもらい、オープンテラスのテーブルに落ち着く。朝の風が気持ちいい。隣のテーブルには、ゴールデンレトリバーを連れた女性が座っている。賢そうな犬だ。初夏のさわやかな日は燦々《さんさん》と降り注ぎ、そしてあたしは物憂げにハーブティーを飲む――。ああ、このシチュエーションって、けっこうかっこいいかも――。

と思っても、よく周りを見ると、道の向かい側では安売りスーパーが開店準備をしていた。交差点の近くだから、車がずっとアイドリングをしている。歩道は人と自転車にあふれ、ほとんど冴子から見て右から左へ流れていく。ああ、駅はそっちの方にあるんだな、とわかった。しかも、目の前はゴミの集積所ではないか。シートがかけられたゴミの山がすべてをぶち壊していた。八時までに出せって書いてあるんだから、とっとと持ってけばいいものを――。

一夜を過ごした巨大なマンションが、ここからも見えた。「はあー」とアホみたいな声が出るくらい大きい。彼の部屋は、あそこの最上階だ。もしかしたら、全フロアかもしれない。

でもここ、青山でも白金《しろがね》でも田園調布《でんえんちょうふ》でもないみたいだし。

と突然、隣の犬が「わん！」と吠《ほ》えた。びっくりしてあたりを見回すと、ピンク色のぬいぐるみが、ゴミ袋をずるずるひきずっていくのが見えた。バレーボールくらいの大きさで、右の耳がそっくり返っているぶたのぬいぐるみが……！

「わあ！」

冴子は仰天《ぎょうてん》する。ここはカラスじゃなくて、あんなものがゴミをあさるのか⁉ それとも、あたしの目が変になった⁉ 飲みすぎで幻覚が出たか⁉

でも、よく見るとぬいぐるみは、別にゴミ袋を持ち去ろうとしているわけではなく……ゴミを出そうとしているように見えた。いや、ゴミ出しをするぬいぐるみというのも、充分おかしい。しかも、このハンバーガー屋はマンションの一階にあるらしく、ぬいぐるみはその出入り口から出てきたみたいなのだ。ということは、ここの住人とでもいうのか？

ぬいぐるみは、明らかに自分の何倍もあるようなゴミ袋を、まるで砲丸投げでもするように勢いづけて、山の上にどさんと載《の》せようとした。「ああっ」と思わず声が出た。絶対につられて集積所に突っ込むと思ったからだ。

そんなこともなく、ゴミ袋はどさんと山の上におさまり、ぬいぐるみは満足そうに前足をぱふぱふと叩《たた》いている。叩いた前足を嗅《か》いでいたりもする。鼻がふんふん動く。生ゴミが臭《くさ》いのだろうか……。

それにしても、歩道を歩いている人は、ぬいぐるみに目もくれず、皆黙々と駅に向かって歩いていく。踏んづけたりもせず、ちゃんとよけていく。誰も「わあ！」とか言わない。どうして?!

隣の犬がゆっくりとぬいぐるみの背後から近寄っていく。あっ、持ってかれる、と冴子は思う。いくらゴミ出しのできるぬいぐるみだからって、犬にとっては単なるおもちゃにすぎない。レトリバーだったら、ちょうどいい大きさではないか。かじりがいのありそうなぬいぐるみである。

わくわくして見ていると、犬の気配にぬいぐるみが気づいてしまう。それだけでもだいぶがっかりしたというのに、ぬいぐるみは逃げたりもせず、犬の頭を撫《な》でてやったりしている。しかも、

「あ、おはようございますー」

なんて、飼い主と挨拶《あいさつ》までしている。鼻がさっきと違う動き方をした。もくもく動いてる！　冴子の口と足が、だらんと開く。犬の飼い主とぬいぐるみは、すごく親しそうではないか。犬はお座りをしてしっぽをぶんぶん振っていて、ぬいぐるみに撫でられるままだ

った。

そこへ、ハンバーガー屋の中から女の子がほうきとちりとりを持って出てきた。その子ともぬいぐるみは親しそうに挨拶をしている。みんな笑っている。犬まで笑っているみたいに見える。

冴子は、目の前がくらくらと揺れているようだった。

ぬいぐるみがマンションに入って、女性が犬を連れて帰っていき、女の子が掃除を終えた頃、電話がかかってきた。

「もしもし。駅わかったかなって思って」

さっきまで一緒だった男からの電話だ。いつ携帯の番号を教えたのだろう。うかつだ。ほんとにうかつである。

「わかったから、これから電車乗るわ」

「よかったら、車で送るけど？　今どこ？」

冴子は、一瞬にして計算する。ここは妥協だ。そうだ、みんなには気分が悪くなったってことにしておけばいい。ほんとにおかしくなって、立派な幻覚も見たことだし。だったら、車で送ってもらったって、仕方のないことだ。あんなところに住んでいるのなら、車もさぞかしいい奴だろう——。

「ほんと？　よかった。ちょっと気持ち悪いの。飲みすぎたかしら。変な幻覚まで見ちゃって――」

「あ、ぶたのぬいぐるみが歩いてたんだったら、幻覚じゃないからね」

待ってました、と言わんばかりの口調だ。胃をぎゅっとつかまれた気分だった。

「……どうして？」

「そのぬいぐるみは、友だちなんだ」

冴子は、携帯電話の電源まで切った。


谷中昭生《やなかあきお》は、ベランダに出てぼんやりと外をながめていた。

家の中では、お父さんとお母さんがけんかをしている。

「こんな北側のうちだなんて、俺は聞いてないぞ」

「言ったわよ、ちゃんと。憶《おぼ》えてないだけでしょう？　何もしなかったくせに、文句ばっか言わないでよ」

二人の周りを引っ越し屋さんが行き交う。誰もベランダにいる昭生と猫のハナには目もくれない。ハナは、新しい家と昭生の様子に神経質になっている。しっかりおさえてないと、ベランダから落ちてしまうかも、と昭生も気が気でない。

「急な引っ越しをする身にもなってよ。あなたは会社に行くだけだからいいけど」

「だから、単身でいいって言ったろ？」

「持ち家もないのに単身赴任なんかしたってしょうがないでしょ？　昭生がかわいそうよ。友だちと別れなくちゃならないんだから」

また僕のことを出して――と昭生はうんざりする。彼からすれば、お父さんとお母さん、どっちもどっちだ。小学三年生にそんなふうに思われているのだから、あの引っ越し屋さんたちもそう思っているに違いない。確かに友だちと別れるのは悲しいことだったが、親の都合に振り回されるのは、子供の運命なんだから。

一つだけ今回の引っ越しでうれしかったのは、ここがペット可のマンションだということだ。前のマンションでは、内緒でハナを飼っていた。室内飼いだから、バレなかったようだが、何となくハナに窮屈な思いをさせているようで、かわいそうだと思っていたのだ。こうしてベランダに出ることもできなかった。ここも五階だから、外に気軽に出ることはできないが、ひなたぼっこくらいはできるだろう。北側に日はあまり当たらないという概念は、昭生にはなかった。

「よかったね、ハナ」

ハナは、自分の名前を呼ばれたと思うと、小さな声で鳴く。手のひらに載るくらいの頃に、昭生が拾って育てた茶虎猫《ちゃとら》。道端のオオイヌノフグリの花の中で鳴いていたから、ハナ。一人っ子の昭生にとっては妹でもある。とりあえず、学校で友だちがなかなかできなくても、ハナがいるからいいや、と昭生は思う。

両親は、やいやい言い合いながら、荷物を解き始める。そのうち片づけろと言われるのだろうが、まだ大丈夫そうだ。ハナが部屋をうろつかないようにおさえているという名目でもあるし。

新しい街は、車でいっぱいだ。このマンションは今昭生が見ている道路と、裏側のもっと広い通りにはさまれている。空気が悪い、とお母さんはぶつぶつ言っているが、お店やコンビニがいっぱいあるみたいだし、遊園地も近くにあるのだ。遊園地の近くに住むなんて、毎日行くわけではないが、何だかわくわくするではないか。しかも、巨大なおもちゃ屋もくっついているらしい。さすが東京。友だちに自慢ができる。

ベランダの柵《さく》のすきまから下をのぞくと、歩道を自転車が走っていた。昭生はまたまた驚く。今まで住んでいたところでは、自転車は車道を走るものだったのだ。走りにくそう……と見ていると、ハナが腕の中で身をよじりだした。いいかげん抱かれているのに飽きたらしい。

「こら、ハナ。まだ片づかないからだめだよ」

不満そうな声を出して、ハナは昭生をにらむ。

「ハナ、ほら、鳩《はと》だよ、鳩」

ハナは、たまに昭生の言うことがわかるのではないか、という反応をする。「鳩」と言われて、はっと指さした方を見たりするからだ。鳩、と呼ばれるものをながめていると、野性の血がうずくためなのか、とにかくハナは「鳩」に弱い。それに、実際に鳩はいたのだ。向かいの、多分同階のマンションの手すりに。

よく見れば、このベランダにも少なからず鳩のふんが落ちていた。うかつにハナをベランダに出すと、鳩を追って落っこちてしまうかもしれない。どっちにしろ外には出せないのかな——と思っていると、その鳩が止まっている向かいのベランダに、奇妙なものを見つけた。

ふとんが、動いている。

向かいのベランダには日がたくさん当たっており、部屋の奥の方は陰になってよく見えない。その暗い奥の方からふとんが、二つ折りでとことこと歩いてきて、生きているようにベランダの手すりに飛びつき、自らの身体《からだ》を干しているようにしか、昭生には見えなかった。ふとんが一人二人——三人。三人家族？　鳩はもういないが、ハナもじっとその様子を見ていた。

「何だろう……あれ」

昭生が見守っていると、今度はカゴが——どう見ても洗濯物にしか見えないものが入っているカゴが歩いてきた。あれを……干すの？

物干《ものほ》し竿《ざお》は、ここみたいにベランダの内側に隠れているらしく、実際どんなふうに干しているのかは見えなかったが……でも、しばらくすると空っぽのカゴが部屋の中に入っていって、網戸も閉められる。網戸！　窓じゃないのだ、網戸である。普通、窓を閉めないか?!　普通窓だよ、と昭生は根拠もなく興奮をしてしまう。

とにかく、何だかすごいものを見たような気がする。思わずあたりをきょろきょろ見回した。もちろん、後ろで忙しく働く大人たちは、まったく気がついていないはずだ。

「ハナ……あそこんちって、何が住んでるんだろう……！」

ハナは、もうとうに興味を失ったらしく、おざなりな返事をするだけだった。

評判のいい定食屋

1

夫が浮気をしているのではないか、と榊小夜子《さかきさよこ》が疑いだしたのは、夫が東京へ単身赴任して二年目の春だった。

気づいたきっかけは、ささいなことだ。いつものように金曜日の夜に夫・伸也《しんや》が帰宅をし、遅い夕食のテーブルを夫婦で囲んでいる時だった。

家での食事に伸也は、普段食べられない家庭料理を望んだ。子供たちには不評だが、彼が家にいる間は、いわゆる〝おふくろの味〟が食卓に並ぶ。なので、その夜のメニューも、かれいの煮付けときんぴらごぼう、菜の花の芥子《からし》あえという、彼の好物を小夜子は出した。

酒を飲まない伸也は、いつもならばすぐに箸《はし》をつけ、さっさと食べ終える。そのあと、小夜子とコーヒーを飲みながら夜中まで語らうのが常だった。いや、その夜も確かにそうだったのだが、一つだけ――きんぴらごぼうを口に入れた時、咀嚼《そしゃく》が一瞬だけ止まり、かすかに首を傾《かし》げたのだ。そして、とても遠慮深くため息をついた。

それだけだ。たったそれだけのことなのだが……小夜子にとってはショックなことだった。伸也が、誰かの味とあたしの味を比べている。直感でしかなかったが、そう確信した。しかも、認めたくはなかったが、その誰かのきんぴらごぼうの方が、自分のよりもおいしいのだ。

初めて気がついた夜は、否定する気持ちの方が強かったが、なぜか眠れなかった。次の日、伸也と子供たちが買い物に出かけたすきに、荷物を調べてしまった。携帯電話のメモリーや着信・発信履歴《りれき》、システム手帳もすみからすみまで——「何バカやってるんだろう」と思いながら見たが、怪しいところは見つからなかった。バッグに顔を突っ込んで匂《にお》いまで嗅《か》いだ。

それでも、彼の荷物から女の気配はなかった。伸也は、そう器用な男ではない、と小夜子は思っていたが、もし隠しているとしたら……。そんな人だったのか——とわきあがる疑念を、小夜子は打ち消そうとしたが、なかなか消えることがなかった。

ただ、食事の時のかすかなためらい以外は、いたって普通だった。実直で優しく、口数は少ないが冗談も言うし、だけど怒ると怖い、子供たちも大好きなお父さんだ。小夜子が、結婚してよかった、としみじみ思える男だった。

だからこそ、そんなふうに疑うのはいやだったし、いきなりたずねる勇気もわかなかった。伸也が小夜子の思ったとおりの男ならば、あっさり認めてしまうかもしれないからだ。

たとえ遊びの関係と割り切っているとしても、許せるかどうか自信がなかったし、万が一相手に心が移っていたとしたら――そう考えるだけでも、目の前が真っ暗になりそうだった。

「パパ、何か変わったことない?」

さりげなく子供たちにたずねてみたことがある。まだ小学校五年と三年の兄弟だが、子供の勘はあなどれない。

しかし、兄弟二人はあっさり首を振った。

「ううん、別に」

「いつものパパだよ」

特に関心なさそうに言うところに、小夜子はかえって安心した。何か気づいていれば、もっと身構えるはずだろうから。けれど、そのあとの言葉に、小夜子は混乱する。

「でも、最近ぬいぐるみが好きみたいだよ」

「え……ぬいぐるみ?」

「こないだゲーセンに連れてってくれた時、UFOキャッチャーでぬいぐるみを必死に取ってたんだよ」

「何のぬいぐるみ?」

何だっけ、と二人でひそひそ話し合い、兄の敬太《けいた》が答えた。

「『トイ・ストーリー』の」

「……それって、あのCGアニメ？」

ディズニー製のフル3DCGアニメだ。家族そろってテレビで見たことがある。面白かったけれども……。

「そう。でも、結局取れなかったけど」

「俺、ウッディちょっと欲しかった」

弟の陽太《ようた》が言う。

「でも、それ狙《ねら》ってたんじゃなかったみたいだけど」

「何取ろうとしてたの？」

「ていうか、取りやすいもの狙ってたんじゃない？」

ぬいぐるみなんて……今まで関心なかったはずなのに。UFOキャッチャーなんて、やっているところ、見たことない。まさか——相手の女性に子供がいて、その子が『トイ・ストーリー』が大好きで……それで慣れないことをしてたんじゃ……。

想像はどんどん膨《ふく》らむが、それでも小夜子は何も言えなかった。すべては推測でしかなかったし、相変わらず自分や子供たちの前ではいい夫であり、父親だったから。

けれど、秋も近づいてきたある日のこと——いつもならば日曜日、早い夕食をみんなで食べてから、東京へ出発するのに、その日は昼食後すぐに「もう行く」と言い始めたのだ。

「どうして?!　いつも夕飯一緒に食べるじゃない！」

子供たちもぶーぶー文句を垂れる。しかし、伸也は折れなかった。

「ごめん。パパ、明日の仕事の準備をしなくちゃならないんだ。ほんとにごめん」

仕事と言うなら……と子供たちも渋々承知をしたが、小夜子は信じられない。しかも、それから何回か似たようなことがあった。帰ってくるのが土曜日の朝になったり、土曜や日曜に誰かにこっそり携帯で電話をしていたり。小夜子に見られると、あわてて切ったりするのだ。しかもそのあと携帯電話を調べると、履歴が消されている。

いよいよ怪しくなってきた。小夜子は気が気ではない。

今まで合い鍵《あいかぎ》を持っていても、東京のマンションへ出向くことはあまりなかったのだが（小夜子も平日パートに出ている）、いない間に見てくるべきなのだろうか。掃除は元々好きで、洗濯もマンションについている洗濯機でマメにやっている、という言葉を鵜呑《うの》みにしてはいけなかったのか。

パート先に申し入れ、一週間ほど休みをもらった。マンションまで二時間かかるが、子供を送り出して、十時くらいの特急に乗れれば、昼には着く。夕方六時までに家に帰り着こうとするならば、東京にいられるのは、長くて四時間ほどだ。

けれど、ここではたと気がつく。昼日中に行って、どうしようというのだろう。女がマンションに専業主婦のように居着いているというのならわかりやすいが、こんなに慎重……に見える伸也のことだ、まさかそんなことまではしていないだろう。小夜子が合い鍵を持っているのは百も承知なのだから。

では、いったいあたしは何をしようとしているの？

自問をしても、答えはなかった。何もしないでいるのが怖かったのだ。たとえ核心に触れなくても、同じ空気を吸い、同じ通りを歩けば、伸也の隠していることが見えてくるかもしれない――そう思っただけだ。

2

小夜子は子供たちをせき立てて家から送り出し、大急ぎで残りの家事と身支度を整えた。戸締まりをして駅に自転車でダッシュする。予定どおりの特急に飛び乗り、ほっと息をつく。

どきどきして昨日は眠れなかったから、たちまち眠気が襲《おそ》ってくる。電車に乗るのも久しぶりだ。ラッシュアワーは過ぎているが、車内は適度に混んでいる。座れてよかった。

伸也は、最初この通勤に耐えようと思っていたのだ。マンションまでは二時間だが、会社まではそれからさらに四十分ほどかかる。毎日通勤に六時間費してまでも、家族と暮らそうと考えていたのだ。しかし、それではせっかく本社に呼んだ意味がない、と会社が独身寮用のマンションを提供してくれた時には、小夜子は喜んだ。そんな通勤をしていたら、身体《からだ》まで壊しかねない。週末ゆっくり家で過ごせばいいじゃない。あたしもその間、家に閉じこもってないで働こう。

それで、うまくいっていたはずなのに……。

「……終点、東京です……」

ほんの数分しか眠っていないような気がしたが、もう東京に着いてしまっていた。車内はがらがらだ。小夜子は急いでホームに降りた。

東京の地下鉄は、何だかずいぶん様変わりをしていた。路線が増え、より複雑になったような気がする。切符売り場でマンションの最寄り駅を見つけるまで、だいぶ時間がかかってしまった。

今度は座れなかったが、考え事をしたかったのでちょうどいい。小夜子はドアにもたれて暗い窓の外に目をやった。けれど気持ちは、何も見えず、ただ流れていくだけの車窓と同じだった。三十の半ばも過ぎて、こんな気持ちになるなんて思いもよらなかった。幸せだと思って、いい気になっていた報《むく》いだろうか。

自動改札を抜けて階段を上がると、そこはごくごく普通の住宅街だった。家と家がだいぶ接近しているところが小夜子の家の近所とは異なっていたが、家そのものも、そこに干されている洗濯物も、門柱に飾られている鉢植えも、さっき見たばかりに思えた。

住所を頼りに、マンションを探す。すぐに見つかった。駅から五分ほどで、少し古ぼけているが日当たりの良さそうなところだ。ほとんどが若い独身者か単身赴任の者で、全員が男性だと聞いたが、郵便受けも素っ気ない殴り書きや名刺を折り曲げて突っ込んであったりで、いかにも男所帯という雰囲気だった。独身寮と言っても、寮母さんがいるわけではなく、会社に格安の家賃を払って一人暮らしをしているようなものだ。管理人もいるにはいるが、昼までらしく、もう窓口には人の気配はない。みんな仕事に行っているから、とても静かなものだった。窓も開いていない。

けれど、小夜子はマンションの前を通り過ぎてしまう。すぐに部屋に入る勇気が、どうしてもわかなかった。ポケットの中で合い鍵を握りしめる。

伸也の話では、ここから会社へ行く時は、反対方向の私鉄を利用するらしい。そこまでも七、八分と便利で、商店街があって買い物もできるそうだ。確かに地下鉄の駅は近いが、周りに何もない。

区画地図を頼りに私鉄の駅へ向かう間、ようやく少し考えることができた。

浮気相手は、やはり会社の人だろうか。そうじゃなければ……水商売の人か。もちろんそれだけではないだろうが、それしか浮かばない。チャンスが多いのは、会社の人だが……実はさりげなく、元の同僚や東京本社にいる友人にたずねたことがある。小夜子も、元は同じ会社に勤めていたのだ。伸也の東京での評判は？　という形ではあったが……。

しかし、みんなが口をつぐんでいるのでなければ、会社の人間ではなさそうだった。あるいは、やはりとても巧《たく》みに隠しているかだ。

会社以外の人だったら、このマンションの近くか、会社の近くで知り合ったのだろうか。さっき水商売の人と思ったが、伸也は酒が飲めない。でも、同僚や上司と一緒に行くことはあるだろう。会社がらみで知り合ったのなら、この近くではないだろうし……。むろん、他の店や、あるいは駅でだって出会いの機会はあるだろう。毎日利用するものだったらなおさらだ。

毎日利用すると言えば——伸也はどんな食事をとっているのだろう。

炊事をほとんどやらない伸也は、朝は立ち食いそばや会社でコンビニのおにぎりを食べ、昼食は外に行ったり社員食堂を利用したりしている、と言っていた。夕食は、誰かと一緒なら会社近くで食べることもあるが、一人の時は——弁当か定食屋を利用していると言っていた。

「おいしい定食屋さん、あるの？」

「うーん、まあまあかな。安いからね」

そう言って一年前は笑っていた。酒も飲めるので深夜までやっているが、基本的には食事の店なのだと言う。けれどもう、そんなものは利用してはいないのかも……誰かの手料理をおいしそうに頰張《ほおば》る伸也を思い浮かべて、あわてて頭を振った。まだ決まったわけじゃない。今はそういう出会いの可能性を考えているだけだ。

駅の近くには大きなスーパーもあるが、一時間の関係でほとんど利用はしていないらしい。となると、コンビニとか定食屋とか……この近所で伸也がよく立ち寄りそうな店といったら、それくらいに絞られてしまいそうだった。

一時間ほど商店街をうろうろしてみた。コンビニも定食屋もたくさんある。駅の反対側には大学があり、それもあってこのような店が多いのかもしれない。

コンビニをのぞきこんでも、店員はどれも同じような顔に見えた。みんな学生のバイトなのだろうか。むろん、自分と同じくらいの年齢の女性もいたが、どうもぴんと来ない。ぴんと来ないからって、早々に結論を出すことはできないのだが。

定食屋は外からのぞくことができない店が多いし、複数行っている場合だってある。駅からマンションまでにある店にすべて入って確かめることもできないし……。

そうだ。せめて、おいしい店を探してみよう。一目惚《ひとめぼ》れでもない限り、まずい店に通い続けるなんてしないだろう。おいしいから何度も行って、それで――いや。小夜子は首を振った。答えを急ぎすぎている。何か可能性を考え、それを急いでつぶしているような気がしていた。穴があっても、つぶれればいい。それで自分の気がすむ、と。

小夜子は、私鉄駅前のベンチに座ってため息をついた。ひどく喉《のど》が渇いている。お腹《なか》も空《す》いていた。そういえば、今朝は満足に食べていない。けれど、食欲はなかった。

このまま帰ろうか、と思う。せっかく一週間休みをもらったけれど、もう家に帰って、このまま閉じこもってようか。夫を疑って、こそこそと行動を探ろうとするなんて、情けなくて涙が出てくる。しかも、尾行しようなどと大胆なことも思いつかず、せいぜいマンションの周辺をうろうろするだけ……。

帰ろう。もうこの駅から東京駅へ行こう——と腰を上げかけた瞬間。目の前を、台車を押したぶたのぬいぐるみが通り過ぎた。小夜子の動きが、ぴたりと止まる。

小さいがしっかりした台車の上に、大きなビニール袋を載せている。何か白い箱状のものが入っているらしいが、よくわからない。

そんな台車を、バレーボールくらいの大きさの桜色のぬいぐるみが、「うんしょうんしょ」と押しているのだ。前足というか手というか——とにかくそれで。一見すると、鼻で押しているようにも見えるのだが。

駅前にいる人は、誰も驚いていないように見えた。それとも、見て見ぬふりをしているのか。さすが東京、と小夜子はおかしなところで感心してしまう。

ぬいぐるみは、台車を駅の改札のところまで運んで、

「こんにちはー」

と声をかけた。小夜子の膝《ひざ》の上から、ナイロンのトートが滑り落ちる。

しゃべった。こんにちはだって。しかも、桜色の見かけに似合わない、渋い男の声だった。黒ビーズの点目《てんめ》に、右側がそっくりかえった大きな耳、結び目のあるしっぽ。耳の内側と手足の先には、濃いピンクの布がはってある。「こんにちはー」に合わせて、突き出た鼻もむくむく動いた。

小夜子はさらにびっくりするとともに、その滑《なめ》らかな動きに見惚《みと》れた。何だろう。まさかあれがアイボって奴？　ロボットにぬいぐるみ着せてあるの？　黄色いリュックまで背負ってる。台車を押している姿は、茶運び人形みたいだった。あんなに役に立つなんてすごい。それに、ロボットなんかよりも、ずっとずっと――かわいい。声の渋さを「惜しい」と思うくらい。

駅の有人改札から、若い駅員が顔をのぞかせた。

「あっ、ぶたぶたさん、ごくろうさまです！」

駅員はあたふたと改札の外に出てきた。ぶたぶたと呼ばれたぬいぐるみは、自分よりも大きなビニール袋を、彼に差し出す。

「はい。唐揚げにとりごぼう、揚げなすにカルビ焼きね」

「あ、すいませーん。いくら？」

「全部で二千九百円」

駅員は三千円を差し出す。ぶたぶた、と呼ばれたぬいぐるみは、リュックの中から小銭をつまみ出す。

「はい、おつり百円です」

「いつも届けてもらっちゃって悪いですね」

「いいえ、こちらこそ毎度ありがとうございます。今日は遅いんだね、お昼」

「そうなんですよー、朝からへとへとっすよ」

若い駅員とぶたぶたは、少しばかり談笑をして、忙しそうに手を振り合った。ぶたぶたは商店街の方へ向かう。

あれは……何だろう。お弁当屋さん？　ぶたのぬいぐるみが届けてくれるお弁当？　すごい……すごいサービスだ！

小夜子はふらふらと立ち上がり、ぶたぶたが去っていった方向に歩き出したが、すぐに小走りになる。見失ってしまいそうだったから。

ぶたぶたはすぐに見つかった。台車が重たいのか、おつかいが終わったからか、だいぶのんびりと歩いていた。そこここから声をかけられ、挨拶《あいさつ》をしたり笑ったりしている。商店街の人も、誰もぬいぐるみに変な目を向けていない。

商店街のはずれに近くなった頃、ようやくぶたぶたは一軒の店の中に入っていった。

〝食べ飲み屋　きぬた〟

ごく普通の、飾り気のない定食屋のたたずまいだった。店の前はきれいに掃いてあり、サッシのガラスも磨いてある。メニューが書かれている黒板の字がとてもきれいだ。のれんごしの店の中には、何人か客がいるようだった。〝営業中〟の札がかかっている。

「ぶたの定食屋さん……」

きぬた、という名前なんだろうか。商売として成り立つのだろうか。誰が料理を作っているのだろうか。――小夜子の頭に、様々な疑問が浮かんでは消えていく。

急に空腹であることを思い出した。どうせなら、ここでお昼を食べて帰ろう。日替わりランチの「甘酢揚げなす定食」というのにも惹《ひ》かれたことだし。

カラカラとサッシの引き戸を開ける。一人で定食屋に入るなんて、初めてだったが、中も外と同様に清潔で、明るかった。

「いらっしゃいませー」

カウンターの中から、自分と同年代くらいの女性が声をあげた。入って左側にカウンターがあり、右側に四人掛けのテーブルが三つあった。一見すると飲み屋のようなレイアウトだったが、カウンターの上には山盛りの総菜が並べられ、「お持ち帰り百グラム　〇百円」という札も貼《は》ってある。

テーブル席で男性客が何人か黙々と食事をしていたので、小夜子は誰もいないカウンターに座ってみた。

「何にしましょう？」

女将《おかみ》だろうか、お茶を出しながら訊《き》いてくれる。

「ええと……」

決めてはいたが、一応後ろにかかっているメニューを見てみる。下の方に、「お弁当も承ります」と貼り紙がしてあった。それであのぬいぐるみは——。

ところで、どこに行ったのだろうか、あのぶたぶたは。ここに入ったと思ったのは、小夜子の見間違いだったのだろうか。それとも、混乱した心が見せた幻？　この人がまさか変身したのでは——とじっと女将を見るが、化粧気のない顔をちょっと傾げただけだった。けっこう美人だ。

「甘酢揚げなす定食をください」

「はい、かしこまりました」

気持ちのよい笑顔で、女将は奥にひっこんだ。

店の人がいなくなったので、じろじろと観察してしまう。テレビではなく、ラジオが小さくかかっていた。床もきれいだし、カウンターの総菜には軽くラップがかけられている。料理は一品ものから定食まで、とても豊富だ。壁のメニューの終わりに、「定食の小鉢百円」と書かれていた。もしかして、百円でつけてもらえるんだろうか、これ。単品だとそれぞれ値段が違うが。

カウンターに戻ってきた女将に訊いてみる。

「これ、もう一品つけられるんですか？」

「ええ。定食の方なら、この大皿のもの何でも百円ですよ」

「じゃあ……里芋の煮物をください」

女将が小鉢に里芋の煮物を盛りつけ、出してくれた。さっそく口に入れる。おいしい。味付けが濃すぎず、里芋の甘みが生きている。

食欲を刺激され、ぱくぱく口に運んでいると、突然下の方から声がかかった。

「はい、日替わりおまたせしましたー」

振り向くと——さっきのぬいぐるみが、お盆を抱えて立っていた。何だかかわいそうなぐらい、大きなお盆に見えた。重くてぐらぐらしているのではないか？

「すみませんね、ちょっとお盆ごと取っていただけます？」

「あっはい！」

小夜子はあわてて箸を置くと、言われたとおりお盆を受け取った。そんなにぐらぐらはしていなかった。見ると、ちゃんとエプロンをしている。

甘酢だれのかかった素揚げのなすとししとう、ごはん、具だくさんのみそ汁、お新香《しんこ》——ふわりとよい香りがした。

「ごはん、お替わり自由ですんで。ごゆっくり」

ぶたぶたが、にっこり笑ったような気がしたが、すぐにぺこりとお辞儀をしてしまい、確かめることができなかった。

「ぶたぶたさん、お勘定」

テーブル席に座っていたサラリーマン風の男性たちが立ち上がった。

「あ、はい、ありがとうございます」

入口脇《わき》のレジに、あっという間に飛び乗ったぶたぶたは、ぱたぱたと手を動かして、

「千七百円になります」

と金額を読み上げた。ぴったりまとめて差し出した彼らは、

「ごちそうさま。また明日」

と言って店を出ていった。ぶたぶたは、レジから飛び降り、テーブルの上を片づけ始めた。お盆の上にすべての食器を載《の》せて、椅子《いす》の上から飛び降りようとする。頭がつぶれているではないか！　小夜子は思わず立ち上がった。

「あ、大丈夫ですよ。なす熱々のうちにどうぞ」

すましてそう言うと、柔らかく飛び降りて、奥に入っていった。はらはらしているヒマもなく。

その後ろ姿を呆然《ぼうぜん》と見送り、ようやく我に返る。何だか言われたとおりのことをしなくちゃいけないような気がしたのだ。小夜子は、揚げなすを頬張った。

「熱い……！」

少しやけどをしたくらいだったが、たれのほどよい酸味とねぎの香《こう》ばしさがごはんに合う。ちょっと変わった風味だが、うちでも作れそうだった。揚げものと相性よさそうなれだから、今度真似《まね》してみよう。きっと子供たちも喜ぶ。

何が入っているのかいろいろ考えを巡《めぐ》らせていると、後ろからまた突然声をかけられる。

「びっくりしたでしょ？」

中年男の声だったが、明らかにぶたぶたではなかった。もう一人の客だ。店には小夜子とその男しかいなかった。先ほど出ていった男性たちと大差のないいでたちをしていた。

「なすが熱くてじゃないですよ。あのぶたぶたさん」

口にまだごはんが入っているので小夜子が黙っていると、男は一人でしゃべり続ける。

「僕もね、半月くらい前かなあ、偶然ここに入ってびっくりしたんです。さっきのあなたみたいに」

くすくすと笑う。小夜子は、少し赤面をした。

「それ以来、ついつい来ちゃうんですよ。ほら、お店に犬とか猫とかいると、店はさておき、その犬猫見たさにそこへ行くっていうのがあるでしょ？　そんな感じなんです。ぶたぶたさんはさしずめ、招き豚か看板豚ってとこでしょうね。ここは飯がうまいから、一石二鳥ですけど」

けど犬や猫は、食器やお弁当運んだりしないけど――とまだ口をもごもごさせながら小夜子は思う。

「今はとにかく、女将とぶたぶたさんの関係を探っているところなんです」

「――関係？」

ようやく飲み込めた。

「僕は夫婦だと思うんですけど、あなたはどう思いますか？」

小夜子は喉に何も詰まっていないのに、目を白黒させる。ということは、ぬいぐるみは男？

「さ、さあ……初めてだからわかりませんけど……」

どうして人間とぬいぐるみが夫婦なんてこと、考えられるのだ。

男は小夜子の答えを聞いて、腕組みをする。

「うーん、そうですか……。女の人特有の勘とか働くかなって思ったんだけど。そうですよね、失礼しました」

男はいきなり立ち上がり、「ごちそうさまー」と奥に声をかけた。「はーい」と言って出てきたのは女将で、小夜子はちょっとがっかりする。

いろいろ気にしていた割には、何も訊かずに男は帰っていった。夫婦ってそんな……この人は、普通の女の人なのに、そんなこと思ったら悪くないだろうか。けれど、一度聞いたら頭から離れなくなってしまった。余計なことを言ってくれたものだ。

それに、あたしはまだ、この女将とぶたぶたが一緒にいるところって見たことない。やっぱり変身しているのではないだろうか。

……そこではっと気づく。そんなこと考えるなんて、さっきの人とあまり変わらないではないか。小夜子は恥ずかしくなって、うつむいて食事を続けた。

お茶を飲み干した時、思わず大きなため息をついてしまった。おいしかったというのと、こんなにいろいろなことを考えての食事がようやく終わったことと、店内に誰もいないことへのプレッシャーからだったが、女将にそのため息を聞かれて振り向かれてしまい、また恥ずかしい思いに襲われた。

「あの……ごちそうさまです」

「はい。七百五十円です」

小鉢を入れて内税だから、だいぶお得な感じがする。東京にも、安くておいしい店はあるのだ。

そうだ、ここは東京だった。本来の目的を思い出して、鬱々《うつうつ》とした気分になってしまった。せっかくおいしいものが食べられたというのに……。

「ありがとうございましたー」

背後からの声に振り向くと、ぶたぶたがエプロンで手を拭《ふ》きながら立っていた。やっぱりにっこり笑っている。どうしてそんなふうに見えるのか、さっぱりわからないけど。

小夜子は、女将とぶたぶたを見比べた。首が上下に揺れる。別人だ。いや、別……人なんだろうか、やっぱり。

「またどうぞ」

二人に見送られて、小夜子は店を出た。しかし、すぐにとって返したい衝動にかられる。ぶたぶたを見ると、いやな気分が吹き飛ぶ。というより、他の何よりも気になるのだ。伸也のことなど、一瞬でもすっかり忘れてしまうほど。

けれど、現実は現実。今のだって、単なる白日夢《はくじつむ》だったのかもしれない。あたしはきっとひどく疲れているのだ。

さっきのような充実したものではなく、ずっしりと重いため息をついて、小夜子は再び駅に向かって歩き出した。

3

次の朝、どうしようかと小夜子は悩んでいた。昨日はあれから、本当にすぐ家に帰ってしまった。結局マンションの合い鍵も使わずじまいで、東京まで行って昼食を食べて帰ってきただけだったのだ。

伸也とは、最近は電話ではなく、携帯電話でメールのやりとりをしている。昨日も十二時頃入ってきていた。

『元気ですか？　今日はメールを打つ時間もないくらい仕事が忙しくて、こんな時間になってしまいました。これからお風呂《ふろ》に入って寝ます』

他愛のない内容だったが、どうしても「本当に仕事だろうか」という疑念は消えない。それでも、そんな気持ちを隠して、返事を打つ。

『おかえりなさい。みんな元気だよ。パパも身体に気をつけて。明日寝坊しないようにね』

だが、電話でなくてかえってほっとしているところもある。感情的になって、すべてをぶちまけてしまいそうだから。こっちが感情的になり、あっちが疲れていれば、ちゃんと話すことなどできるはずない。最初からこじれるなんてことは、絶対に避けたかった。

――そんな逃げ腰の考えに、自分ながらうんざりする。家にいれば、きっとそんなことを延々と考えているのだろう。何もできないから、考えるしかない。でも、考えたからって結論は出ないのだ。

「買い物にでも行こうかな……」

東京でデパート巡りでもしようか。素敵な服や靴があったら、買ってもいい。最近、自分のものを買うなんてこと、すっかり忘れていた。

昨日と同じ時刻の特急に乗り、東京へ向かった。居眠りをしていれば、時間はあっという間に過ぎる。銀座《ぎんざ》へ行って、デパートを見て回る。豪華なランチを食べ、ブーツを一足買い、ジャケットも一着買った。あとは子供たちへのおみやげのお菓子や、帰りの電車の中で読む文庫本など。

二時間ほど見て回って、小夜子はすっかり疲れてしまった。人混みに酔ったというか、無理をして楽しもうとしているというか……ブーツもジャケットも、小夜子の気分を晴れやかにはしなかった。ただの衝動買いに過ぎないように思えたし、荷物も重く感じる。めいっぱい遊ぼうと思ったのだが、あと二時間どうしよう。映画には時間も合わないし……。お茶でも飲もうか――そう思った時、昨日のぬいぐるみのことを思い出した。いや、実は何度となく思い出していた。またあの定食屋へ行こうか、という気分になっても、マンションの近くに行くことがいやだったし、第一あまりお腹が空いていない。店に入る口実がないのだ。

けれど、何となく足が向いてしまう。ここからなら、地下鉄一本で行ける。私鉄に乗り入れているのだ。

電車を降りて、まっすぐにあの定食屋へ向かう。前を通り過ぎて、ちょっと見かけられたら、それでいいんだけれども――。

けれど、店の前には女将がいた。黒板のメニューを夜用に書き直しているようだ。きびすを返そうとした瞬間、女将が顔を上げた。

「あらー、昨日はどうも」

何と、小夜子の顔を憶《おぼ》えていてくれた。あわてて頭を下げる。

「今お帰りですか?」

「は、はい」

「どうぞー」

女将は立ち上がり、引き戸を開けてくれるが、

「あ、今日は時間がないので……」

「そうですか? またいらしてくださいね」

彼女に小夜子は、〝買い物帰りの奥さん〟くらいにしか映らないのだろう。

「あの……昨日のぬいぐるみさんは……?」

言ってしまってから、何て変なことを訊いてるんだろう、と小夜子は自分の口をふさぎたくなった。でも……ぬいぐるみでいいんだよね?

「ああ、ぶたぶたさんなら、川の方にいると思いますよ」

女将は特に気にする様子もなく、答えた。よくある質問という感じだった。

「川って……?」

女将が指さす方向にひたすら歩いていく。女将は彼を「ぶたぶたさん」と呼んでいた。夫婦であるにしては、他人行儀に聞こえる。客に対する身内の呼び方としては、ちょっと

変だ。……いや、そんなこと、本気で考えていたわけではないが。普通に考えれば、ぶたぶたはあの定食屋の従業員ってところか。料理を作っているとはとても思えないので、お運びさん。酷な仕事だ。彼にとっては、だが。だって、毎日頭をつぶされているってことだ。

と、考えながら歩いているうちに、視界が開けた。長い長い川縁《かわべり》の公園だ。草野球のグラウンドや、ゲートボール場や、ただの原っぱもある。ゆっくり犬の散歩をしている人や、ジョギングをしている人もいた。

グラウンドでは、子供たちが野球をしていた。ベンチにも子供がいっぱいだ。

「かっとばせー、ぶたぶたさーん!」

子供たちの声にはっとなる。

よく見れば、バッターボックスにいるのは、昨日のぬいぐるみではないか。一人前にバットを持って、構えている。どうして持てるんだ。おもちゃのバットなんだろうか。

それにしても、あの身長——というか大きさでは、ストライクゾーンが異様に小さいはずだ。ピッチャーは、小学生の男の子。星飛雄馬《ほしひゅうま》並のコントロールが必要である。

しかし、投げる方としては、特にそんなことは気にしていないようだった。ぶたぶたのストライクゾーンからは明らかにはずれている(しかしごく普通の体格の子であるならど真ん中)が、審判は「ストライク!」と叫ぶ。「いんちきー!」という声があがるが、どっと笑い声もあがってなごやかな雰囲気《ふんいき》だ。

ぶたぶたは、バッターボックスで真剣な顔つきをしていた。ビーズの目の上に、しわがよっている。眉毛《まゆげ》がないからよくわからないが、眉間《みけん》のしわ、ということなんだろう。

カウントは2ストライク。ボールはなし。どうやら特別ルールのようである。

ピッチャーが振りかぶって、最後の一球を投げる。

「ああっ！」

思わず声が出た。ぶたぶたがバットを振ったのだ。しかも当たった！　その瞬間、ボールと一緒にぽーんと飛んでしまう。歓声があがる。

「やったー！」

キャッチャーがボールを捕り損なった。宙を舞ったぶたぶたは、くるりんと身軽に地面に着地し、そのまま一塁に走る。

「お、遅い……」

と思ったが、突然ぶたぶたがぽんっと地面を蹴《け》った。またまた宙を舞う！　身軽さをめいっぱい生かした滑り込みならぬ飛び込み戦略で、ぎりぎりセーフだ。でも、危なかった。

ベンチの子供たちは大喜びだ。ピッチャーとキャッチャーはくやしそうに座り込んでしまったが、

「ぶたぶたさあん、日曜日はうちの方なーっ」

とぶーたれた声で怒鳴っていた。

試合は続く。代走でもたてるのかと思ったがそんなこともなく、そのままぶたぶたは一塁にいる。あの走りの遅さでは……タッチアウトになってしまうだろう。

案の定、ぶたぶたはすぐにアウトになってしまった。さすがに子供たちも容赦がない。でも、走り方がかわいかった。ちょこちょこ走ると遅いのだが、ジャンプするように走れば……いくらか速い。でも、いくらか。俊足の男の子たちが相手では、とてもかなわない。

でも、ぶたぶたも子供たちも、とても楽しそうだった。笑い転げながら野球をやっているなんて、微笑《ほほえ》ましい。息子たちが入っているサッカークラブにもいたらいいのに。けどサッカーでは、ボールをドリブルする間もなく、一緒に転がってしまいそうだが。それもまたかわいいけど。

守備ではぶたぶたはライトを守っていた。グローブが、身体と同じくらいなのだ。あれは大人用？　それとも子供用？

ボールが飛んでくると攻撃の時のように必死に走るが、それよりもセンターの子が追いつく方が速かった。センターの男の子は、信じられないくらいのダッシュ力を持っている。鍛えられたわけか。たまにボールが当たったりもするが、そのバウンドを利用してのキャッチには拍手が起きた。小夜子も思わず手を叩《たた》いていた。痛くはないのか、と心配になったが。

結局土手の上で、ぎりぎりまで野球の試合を見物して、小夜子は家路についた。地下鉄に揺られ、特急の中でうつらうつらしながら、小夜子は自分が幸せな気分でいることに驚いていた。ぶたぶたの真剣な顔、ヒットを打った時、子供たちの歓声と笑い声、そして、息子たちとサッカーをしているぶたぶたを想像して、自然に笑いが浮かんでくるのを感じた。

家に近づくにつれ、次第に自分の置かれた状態を思い出してきたが、あまり鬱な気分にはならなかった。なるようにしかならないのだ。もし何かあったとしても、元気になれる方法を見つけたような気がしたから、そう思えるのかもしれない。

4

次の日からパートに出てもよかったのだが、せっかく休みを取ったので、やはり一週間休むことに決めた。何をしようか、と考えたが、もう一日だけ東京に行くことにした。あの定食屋でお昼を食べたら、日比谷《ひびや》で映画を見よう、と計画を立てる。

おとといよりも早めな時間帯なので、店は混んでいた。男女の比率は半々くらい。ほとんどがサラリーマンかＯＬか大学生、という客層だ。今日のランチは蓮根《れんこん》入り肉団子定食だった。

「いらっしゃいませ」

と言って、おとといと同じデニムのエプロン姿のぶたぶたがお茶を出してくれる。湯飲みをわしづかんでも、熱くなさそうなので、その点はいいかもしれない。彼からお茶を受け取る時は、みな笑顔になる。特に女の子はうれしそうだ。

お昼の小鉢を、みんなだいたい頼んでいる。定食だけでも充分なボリュームだが、女の子たちはごはんを減らしてもらっていろいろな小鉢をとり、みんなでつまんでいた。小夜子もランチと、小鉢にきんぴらごぼうを頼んだ。

「おいし……」

ごぼうがていねいにささがいてあり、甘みと辛《から》みがよく染《し》みてごはんが何杯でも食べれそうだった。小夜子が作る場合、けっこう太めに切るのだが、薄いとカリカリの食感になって香ばしい。けれど本音を言えば、ささがきはちょっとめんどくさい。

店内はにぎわい、ぶたぶたは忙しそうにカウンター内とお客の間を行き来していた。大皿から総菜を小鉢に盛り、お茶や料理を運び、食器を片づける。レジで精算をし、領収書も書く。床を掃き、電話にも出る。その目にも留《と》まらぬ素早さに、小夜子は感心する。どうしてみんな見ないんだろう。こんなに面白いのに。忙しいにしても、どうしてそんなとっとと食べて出て行けるのだろうか。

あ、そうか。彼らは毎日来るが、小夜子はもう、今日が最後かもしれないのだ。だから、いちいち目で追ってしまう。そして、食べるのが人の何倍も遅くなる。どんどん時間が過ぎ、急がないと映画に間に合わない時刻になってきた。

急ピッチでたいらげていると、女の子たちが歓声をあげる。

「わー、これ欲しかったんだー。ＵＦＯキャッチャーのでしょう？」

ＵＦＯキャッチャー……？　小夜子が振り向くと、テーブル席側の壁に、小さなぬいぐるみが飾られていた。緑色の三つ目の宇宙人。

「お客さんが持ってきてくれたんですよ」

女将が言う。

「あたし、この映画見ましたよ。何だっけ？」

「『トイ・ストーリー』でしょ？　ほんとに見たの？」

「見たよーっ」

大学生らしい二人連れが、ぬいぐるみを手にとって遊んでいる。

「女将さん、お子さんが『トイ・ストーリー』好きって言ってなかったっけ？」

「そうなの。大好きなんですよ。だから、主人公二人のは家にあるんですけど、これはあんまり好きじゃないなんて言って――」

「えー、あたしはこの宇宙人好きだけどなー」

「そんなのはあんただけだよ」

「そんなことないよ。けっこう脇役にもかわいいのいるんだからっ」

タイトルを憶えていなかった割には力説している女の子に、女将は笑っていた。けれど小夜子の箸は止まる。まさか……そんな。でも、ここは伸也のマンションの近くだし、ここを利用している可能性は充分ある。それを今まで考えなかったわけではない。確かにきんぴらごぼうは、自分のよりもおいしいと思ったが、それだけでは……。

「どうしました？」

いきなり下から声をかけられる。ぶたぶただ。お盆を抱えたぶたぶたが、小夜子を見上げていた。

「顔色悪いですよ」

小夜子は首を振った。

「大丈夫です」

しっかり言ったつもりだったのだが、出てきた声はひどく力がなかった。自分でも驚く。ぶたぶたが、心配そうに首を傾げる。ものすごくかわいいと思うけれど、今はそれでも元気が出ない。

「あの……」

「はい、何でしょう？　お水お持ちしましょうか？」

「いいえ、いいです……。あの……あそこにある『トイ・ストーリー』のぬいぐるみって、誰が持ってきたんでしょうか？」

　意外な質問だったらしく、点目が大きくなったように見えた。少しだけ笑いそうになったが、すぐにひっこんでしまう。

「ええと……いつもいらしてるお客さまで……私がここに来てからはずっと、ほとんど毎日いらしてくださる方です。たまにお弁当も注文なさいます」

「背は高いですか？　百八十センチ超えるくらい――」

「ええ、そうみたいですね。私はいつも下から見上げるので、みなさん大きく見えますが、そのお客さまは入口に頭がぶつかりそうですから」

「体格はがっちりしていて、眉毛が太くて――」

「ああ、もしかして三角形の腕時計をはめてる――」

「そうです！」

　それは伸也のお気に入りの時計だ。というか、それしかはめない。アンティークの復刻版だといつも聞かされているが、メーカーとかはよくわからない。

「珍しいなと思って、憶えてたんです」

「そうなんですか……」

　完全に食欲が失《う》せた。

「いつ持ってきたんですか？」

「おとといの夜です」

遅くなった、とメールが入っていた夜だ。昨日は九時頃に入ってきた。

「あの……もう少し訊いてもいいですか？」

女将は、女の子たちの食器を下げて、奥に行ってしまった。

「いいですよ、何でしょう？」

ぶたぶたの声は優しかった。その声のせいなのか、うつむいた拍子に涙がこぼれ落ちる。

「ごめんなさい、すみません……」

小声であやまっても、涙は止まらなかった。財布から千円札を抜き出し、ぶたぶたの手に押しつける。

やっとそう言って、小夜子は店から逃げ出すように飛び出した。小走りに店から離れ、やがて立ち止まる。ハンカチを出して顔を拭《ぬぐ》う。恥ずかしい。人前で泣くなんて、久しくなかった。子供みたいだ。でも、どうしても止まらなかった。ぶたぶたの顔を見ていたら、自然に出てきたように思う。小夜子は大きなため息をついた。これからどうしよう。もう映画に行く気なんて、きれいに消え失せた。帰ろうにも……何だかバカみたいだ。いっそのことマンションへ行って、家捜《やさが》しでもするか……それもみじめになりそうだった。すべきなのかもしれないが、その勇気がないのが自分らしい。自嘲気味の笑顔が浮かぶ。

「お客さま〜――」

後ろから声が近づいてくる。

「おつりです〜――」

ぶたぶたが、走ってこっちにやってくる。とっても遅い。こっちが逃げれば、絶対に追いつかれない。でもその姿は、今にも転びそうに頼りなかった。いや、そうであってほしいと小夜子が思っただけかもしれない。自分がいい歳《とし》をして人前で泣いてしまい、ぬいぐるみにおつりを持ってきてもらうなんて、あまりにも情けなかったから。

だからぶたぶたは、遅いながらも転びもせず、小夜子の前までやってきて、

「はい。おつりです」

と両手で二百五十円を差し出したのだ。小夜子はそれを受け取り、こう言った。

「これであなたに、コーヒーをおごりたいです」

5

二百五十円にこだわったわけではないが、ぶたぶたは駅前のコーヒーショップに小夜子を案内してくれた。安くておいしいコーヒーを提供する、アメリカンスタイルの店だ。

「ちょうど空《す》いてきたところだったので、よかったです」

「忙しいのにすみません」

小夜子はだいぶ落ち着いてきていた。このタイプのコーヒーショップはまだ近所に少ないこともあって、ちょっと物珍しかった。しかもぶたぶたと一緒だ。

ぶたぶたは人間にとっても巨大なアイスコーヒーを飲んでいた。まるでバケツコーヒーだった。それを、椅子ではなくテーブルに乗ってストローで吸うと、やはりほっぺたはきゅっとへこむ。そしてコーヒーは減っていく。でも、お腹がコーヒー色にはならないし、お尻《しり》からぽたぽた漏れたりもしない。店員たちも、当然という顔をしてぶたぶたに接していたし。

「よく来るんです、ここ」

「あたしは初めてです」

ふたをしたままコーヒーを飲むのも。飲めるのか、と疑ったが、飲めた。友だちに自慢しよう。

「それで、いったいどうしたんですか？」

ぶたぶたが訊いてくる。小夜子はしばらく迷ったが、結局彼に今までのことを話してしまった。ほとんど推測の域から出ていなくて、本当だったら親友と呼べるような人でなければ話せないようなことなのに、なぜかぶたぶたには話せた。ぶたぶたも、あのバッターボックスに立った時のような顔をして、うなずきながら聞いてくれた。

「うーん……正直言って、私も推測の域から出ないんですが――」

ぶたぶた自身は、あの定食屋に勤めて日が浅いという。女将はだいぶ前に夫と離婚をし、女手一つで娘を育てているそうだ。ぶたぶたと夫婦ではなかった。

「女将さんはお客さんと話すのが好きですから、榊さんの旦那さんともよく話されてますけど、特別に仲がいいとは見えません」

「女将さんは一日中お店にいるわけではないんでしょう？」

「そうですね。調理は私もしますから、二人のどちらかがいれば、混み合わない時間帯はまかなえます」

「えっ、料理するんですか⁉」

大声をあげてしまった。他の客がびっくりして振り返る。

「みなさん驚かれるんですが――」

ぶたぶたは、そう言って頭をかいた。

「いろいろな店で働いたことがあるんで、味の方は自信あるんですけどね」

「いえっ、味はもう、おいしいと思います……」

けど、とは続けられず、先の言葉をのみこんだ。どうやってこの身体で料理を……魚とか焼いたら、一日中臭《くさ》いだろうに。

「あ、何の話でしたっけ？」

「え、あ、そうです、女将さんのお休みって……」

「えーと、お店は一応年末年始以外はやってるんですが、日によっては夜何時間か女将さんは家に帰る時があるんです。娘さんをいつも一人にしたくはないみたいなんで。寝かしつけてから、また店に出たりもします」

雇い主と夫の仲を疑っているという、考えてみれば非常識な小夜子に、ぶたぶたは真面《ま》目《じ》に答えてくれた。

「じゃあ、その間女将さんは――」

「家にいると思いますけどねえ。確かめたわけじゃないですけど」

けれど、女将には夜、空白の時間があることは確かなのだ。その間何をしているかは、本人か娘に訊かなければわからない。

「不躾《ぶしつけ》でほんとに申し訳ないんですけど……特別な関係の男性っていうのは……？」

「うーん、そんなによく知らないんですが、お客さんとしてではなく親しくしている男性はいるらしいですよ」

「そうなんですか⁈」

「娘さんがなついてる人がいるって話を、楽しそうにしてましたけど、どんな人か、どの程度の仲なのかはわかりません。友だちかもしれないし。忙しいから、めったに会えないみたいですけど」

「そうなんですか……？　じゃあ、まさかあの人形……今までUFOキャッチャーなんて触りもしなかったのに、突然やり始めたのは、女将さんの娘さんのためにとってあげてたんじゃないんですか？」

ぶたぶたが、アイスコーヒーをずずーっと一気に飲み干した。思わず見惚《みと》れる。

「でも、その男性があなたの旦那さんとは限らないし。私は多分違うと思うんですよね」

「どうして？」

「だって、お客さんとしていらしてて、二人でしゃべったりしてるところも聞いてますけど、全然そんなこと思いもよらなかったですよ。女将さんがいない時にもいらっしゃるし。私よりもずっとそういうことに敏感なバイトの女の子も、何も感づいてないようですしね」

それは、伸也がひどく慎重だからなのかもしれない。わざと時間帯をはずしたりなんて、すぐに思いつくようなことだ。

「それに、自分のためかもしれないじゃないですか」

「自分のため？」

「旦那さん自身、欲しい人形があったのかもしれません。で、ついでに取れたものをくれた」

今まで何の興味もなかったくせに？

「……『信じらんない』というお顔をしています」

「あ、すみません……。けど、うちの子すらあまり興味ないですし……」

そうだ、もしかして片思いなのかもしれない。まだ何も行動を起こしていないけど、心は奪われている。だから、気を引こうとして……。女将は美人だ。化粧していなくてもきれいなのだから、おしゃれをしたらどれだけ美しくなることか――そんなこと想像すると、胸が痛んだ。

「あの、こうは考えられませんか？　浮気っていうか、片思いなような気がするんですけど」

「片思いねー……」

ぶたぶたは腕組みをして宙を見つめた。一人前のそぶりに、ちょっと笑いそうになる。そんなどころではなかったが。

「たくさんお客さんがいますから憶えてないと思いますけど、そんな様子を見せてませんでしたか？　UFOキャッチャーの他に」

腕組みをさらにきつくし、身体中にしわをいっぱい作ってぶたぶたは考えている。けれど、

「いや……すみません、ぴんと来ないですねえ。旦那さんは、いつも店にいらしてくれて、おしゃべりをする時もあるし、黙々と食べてお帰りになるだけの時もあります。お酒を飲まれないので、あまり長居もせず……たまに電話でお弁当を頼まれる時も、無駄な話はさ

れません。他のお客さまと同様に、いつも利用いただいているだけで……」

そう必死に、しかも言葉を選びながら言っているようにしか聞こえなかった。

「そうですか……」

小夜子の気持ちは覆《くつがえ》らない。ぶたぶたに対して、申し訳ない気分になった。

「ごめんなさい、余計に混乱させてしまったようですね」

「いえ、そんなことありません……」

小夜子は、残っているコーヒーを飲んだ。生暖かくなってしまっていた。苦みばかりが舌に残る。

「お子さん、いらっしゃるんですよね？」

「ええ、息子が二人……」

「あの、もしよかったら今度の日曜日、草野球の試合があるんですけど、ご家族で見にいらっしゃいませんか？」

小夜子は顔を上げる。

「野球……少年野球ですか？」

「そうです。あっ、何でわかったんです？」

「昨日、河原でやっているのを見ました」

「あー、そうなんです。いつも午後の練習には出るんですが、日曜日の試合にはお店の仕込みがあるんで出られなくて。けど今度の日曜日は、女将さんも用事があるので、思い切って臨時休業になるんです。そのかわり、芋煮会というか、豚汁《とんじる》を私が河原で作ります」

豚汁——作るに事欠いて、何とすごいものを。冗談のようだが、ぶたぶたは真面目な顔をしている。みんな、食べるのを躊躇《ちゅうちょ》してしまわないだろうか。

「子供たちのお母さんがおにぎりやなんかを作ってくれますから、お昼がてら、みなさんでいらっしゃいませんか?」

それは何だかとても楽しそうだった。息子たちに内緒にしてぶたぶたに会わせたら、それはそれは喜ぶだろう。今度の日曜日は何も予定が入っていないし、伸也はそのままマンションに帰ればいい。

わくわくする計画だった。伸也もびっくりするに違いない。小夜子は、少しいじわるな気分でもある。夫を試してみようという気持ちがわきあがったからだ。女将がいないにしても、妻がかなり近くまで忍び寄ったということを思い知らせることができる。その時の顔が実に見物《みもの》だ。

「いいですね。ぜひ行かせていただきます」

「試合開始は十時です。だいたい十二時くらいにお昼は始まるでしょうから、まあ適当にいらしてくださいね」

「はい。ありがとうございます」

小夜子は、ぶたぶたとコーヒーショップの前で握手をして別れた。ぷにぷにした柔らかい手に触ったら、少し気分がよくなった。日曜日が待ち遠しい。いろいろな意味で。

「日曜日、みんなで出かけない？」

金曜日の夜、帰ってきた伸也に、小夜子はたずねてみた。すでに食事は終わり、二人でニュースをぼんやりと見ていた時だ。子供たちはとっくに眠っていた。

「日曜日？」

伸也が焦ったような声を出した。小夜子の浮ついた気分が、急にしぼんでしまう。いやな予感がした。

「敬太も陽太も楽しみにしてるの」

子供たちは朝早いことに少し文句を言ったが、行き先がわからないということには興味を持ったようだ。母親の「絶対に楽しいし、すっごくびっくりするから」という言葉を信じてくれたらしい。さっきも風呂の中で予想をいっしょうけんめい立てていた。二人の予想というか希望はディズニーランドだったが、それにもぶたぶたは負けていないだろう。

「それ……今度の日曜ってこと？」

小夜子は黙ってしまいそうだったが、気づいていないふりをして話を続けた。

「そうよ。決まってるでしょ」

「日曜日は……ちょっとダメなんだ」

「何それ……全然聞いてないけど」

声を荒らげないように、涙ぐまないように——小夜子は自分に言い聞かせた。

「土曜日の夜から帰ろうかと思ってたから……」

言い訳がましかった。

「どうして？　日曜日、何があるの？」

「接待でね……朝早くからゴルフに行かなくちゃならないんだよ。得意先の新しい担当者がゴルフ好きでね、迎えに来てくれるんで」

ゴルフ接待だなんて——経費節減で、かなり前に会社ぐるみでやめたって言ってたのに……。

「あちらさんもつきあってくれる人がほしいらしくて。ほんと、つきあうだけでいいって」

小夜子の気持ちを見透かしたように、伸也は言う。そんなの接待じゃない、と問いつめようとしたが、勇気がわかない。

「子供たち、楽しみにしてるのよ」

「三人で楽しんでくればいいよ」

そんな人ごとみたいに。心ここにあらずな顔をして。さっきも読んだ新聞を広げたりして……。

「どうして急に言うのよ。先週は何も言ってなかったじゃない」

「悪い、ごめんよ。今日急に決まったんだよ。ほんとに」

「最近、みんなで出かけることなんてなかったのに……」

「どこに行こうとしたの？」

そう訊かれると、小夜子も答えに詰まる。言ってしまえば連れていく意味がなくなってしまう。

「それは……驚かそうと思って、言ってないの。行くまで誰にも秘密にしたいのよ」

「俺にも？」

「そうよ」

あなたに一番秘密にしたいのだ。

「ふーん……」

気まずい沈黙が流れた。二人とも何かを隠している。その空気を、伸也の方でも感じ取ったようだ。

「ほんとにごめん」

しばらくして謝った伸也の声は、本当に申し訳なさそうだったが、前言を撤回する様子はなかった。土曜日の夜から帰ってしまうなんて、今まではなかったことだ。それはどうしてだろう。女将も日曜日用事があると言っていた。朝早くから、あるいは土曜日の夜から出かけるのであろうか。

「ゴルフに一緒に行く人って、何て名前？」

「……山崎さん」

その一瞬のためらいに、別に山田《やまだ》でも森本《もりもと》でも、御手洗《みたらい》でも何でもいいという気持ちが見え隠れした。そんな人は、きっとどこにもいないのだ。

6

言ったとおりに、伸也は土曜日の夜の夕食後、東京に戻ってしまった。

息子たちは両親の気まずい雰囲気を察したのか、おとなしかったが、内心では父親が来ないことに落胆しているようだった。

もし離婚なんてことになったら、この子たちがどれだけ傷つくことだろう。そんな二人を自分一人で支えていけるだろうか……。

どんどん考えが飛躍していってしまう。お願い、思い違いであって。ぶたぶたの言うとおり、何でもないって。

でも、彼に言われても信じられない今の状態ではどうにもならない。せめて忙しくして、何も考えないようにするしかなかった。出かける朝、小夜子は早くから起き出し、家中の掃除をした。息子たちは、その物音にただならぬ気配を感じたのか、自ら起きてきて、素直に支度をしていた。

ただで昼食をごちそうになるのも悪いので、小夜子は自作のきゅうりのピクルスをタッパーウエアに詰めて持っていくことにした。おにぎりや豚汁に合うのか、と考えるとちょっと首を傾げてしまうが、甘めにつけてあるので、息子たちはおやつがわりに食べる。箸休めやスナックとして食べてもらえばいいだろう。荷物を抱えて、駅へ向かう。

息子たちははしゃいで電車に乗り込んだ。あまり長時間電車に乗ることがないので、さすがにうれしいらしい。幸いボックス席に座れたので、他の乗客に迷惑をかけることなく、東京まで行き着けた。

地下鉄ではなく、河原に近い私鉄の駅にようやく降り立つと、息子たちは少し疲れた顔をしていた。ここが父親の住んでいる街だと気づいているのかいないのかわからなかったが、ちょっと不安そうな顔をしている。

「ママ、喉が渇いた。アイス食べたい」

二人が声を揃《そろ》えて要求する。昼食前なので、本当ならだめなのだが、ここまでひっぱり回したことへの負い目もあり、駅前のスーパーのスナックコーナーで、アイスクリームを買ってあげた。

しばらく二人ともベンチに座っておとなしくアイスをなめていたが、そのうちふざけ始める。

「やめなさい」

やんわり声をかけるとすぐにやめたが、いくらもたたないうちにまたじゃれる。そのうち両方ともむきになってしまう。

「やめなさいってばっ。アイス落っことすよ」

そう言っているそばから、陽太のアイスが敬太のジャケットにべっとりとついてしまう。しかも白い生地にチョコのアイスだ。

「ああっ」

兄の泣きそうな声に、弟はあわてて「ごめん」とつぶやいて小夜子の後ろに隠れる。お気に入りのジャケットなのだ。

「ほら見なさい……」

「ママ、早く拭いてよー」

「だめよ、木綿《もめん》だから、拭いても染みちゃう。すぐに洗えば落ちるけど」

急いでトイレに行ったが、昼時なので、二人も子供を連れて入るにははばかられる混みようだった。

「我慢して着てなさい」

「えー……」

しゃれっけの出てきた敬太は、こんな染みべったりの上着を着ることを本当に恥じているようだった。小夜子としても気持ちはわかる。幼稚園児ならまだしも……かといって、脱がしたままにしておくことはできそうにない。今日の風は冬のように冷たかった。

いっそのこと、新しい上着を買おうか、と思った時、敬太が言う。

「パパのとこで洗えないの？」

彼は、ここが父親の単身赴任先だというのに気づいていたのだ。一年以上前に一度行ったきりだから、すっかり忘れていると思ったのに。

「パパの上着をなんか借りてもいい」

「そうね……そうしましょうか」

「パパはいるの？」

陽太が訊く。

「ううん……多分留守。でもママ、鍵持ってるから大丈夫」

こんな形で合い鍵を使うことになるとは思わなかった。

誰もいない部屋に無断で入ることは、何とも気持ちが落ち着かないものだった。たとえ合い鍵があっても、ちゃんとした目的があったとしても。今の小夜子には、うまく説明できないが、これで何かがわかってしまうのではないか、という恐れがあった。

なので、子供たちには奥の部屋で待っているように言ったが、自分はそのまま敬太のジャケットを持って、玄関脇の流し台に向かった。流し台の中は乾いていて、何もない。きれいにしてあるというよりも、ずいぶん使っていないようだった。冷蔵庫をそっと開ける。ウーロン茶のペットボトルとしょうゆのびん。マヨネーズ。海苔《のり》が袋のまま放《ほう》ってあった。野菜室にはリンゴが一つ。洗面所の方も見てみた。歯ブラシは一本。置かれているのはシエービングクリームと傷薬。立派な洗濯機がとても目立つ。殺風景なことこの上なかった。浴室のせっけんを拝借して、染み落としをする。ついてすぐだったので、染みはほとんど落ちた。あとは家に帰って洗濯機で洗えばきれいになるだろう。

「ママー。これ着るー」

敬太の声に、小夜子は奥の部屋へ入っていく。敬太は、父親のフリースジャケットを見つけ出して着ていた。だぶだぶだったが、自分では決まっていると思っているらしい。

その時、小夜子は悟った。少なくともここには女性の気配はない。この部屋は、一人で慎《つつ》ましく淋《さび》しく暮らしている伸也そのものだった。ここに女性が来たことはないか、あるいはずいぶん久しいかのどちらかだ。でも小夜子は安心できない。なぜなら、部屋のすみには、ゴルフバッグがたてかけてあるからだ。今日はゴルフじゃなかったの？　どうしてここに、あんなものがあるの？　いったいどうして嘘《うそ》なんかつくの……？

「あっ、何だっけ、これ」

陽太が突然声をあげた。こみあげた涙を必死にこらえて、小夜子は振り返る。弟は、ピンク色のぬいぐるみを抱えていた。

「それあれだよ……ほら、貯金箱」

敬太が言う。貯金箱？

「あっ、ハムだ！」

陽太がうれしそうに言う。ハムって……貯金箱じゃないの？

「これ、何？」

小夜子の質問に、陽太が答える。

「『トイ・ストーリー』に出てくるぶたの貯金箱。ハムって名前なんだよ」

そう言われてみれば、ぬいぐるみの背中には、切り込みのようなものがあった。

「何でこれだけなの？　ウッディとかバズとかないのかなあ」

二人ともぶたのぬいぐるみを放り出して、あちこちを探し始めた。小夜子はぬいぐるみを抱えて、しげしげと顔を見る。刺繍《ししゅう》だが黒い点目だった。眉毛があるけれども、何か――誰かを思い出させるような愛嬌《あいきょう》ある表情をしていた。突きだした鼻が、今にもしゃべりだしそうな――。

「これしかないよ。何で？」

息子たちのその問いに対して、今なら小夜子も答えられた。

川からの風が冷たい。フリースのジャケットに替えて正解だったかもしれない。日射《ひざ》しは明るいが、もう季節はすっかり冬に移りつつあった。

「ママー、どこまで歩くの?」

「もうすぐよ」

子供たちの歓声が風に乗って聞こえてきた。

「あ、野球してる」

「あれを見に来たのよ」

「えーっ」

息子たちはあからさまに不満を表したが、

「よーく見てごらん」

小夜子の言葉に目を凝らす。すると、ほどなく口をぽかんと開けて立ちすくんだ。

「ハムだ……」

「違うよ、全然違うけど、ぶたのぬいぐるみだ……」

二人は河原の方に一目散に駆けていく。ぶたぶたはライトにいた。今日のギャラリーはこの間とは比べものにならない。ちょっとしたイベントだ。

相変わらずセンターの子にフォローをしてもらい、バッティングも特別ルールだったが、彼自身も観客も選手も、同じくらい楽しんでいた。たまに隣のグラウンドに行って、大きな給食用みたいな鍋《なべ》の中の豚汁をかきまぜたり味見をしたり、調味料を加えたりしていた。ちゃんと作っているのだ。いくつか置かれた長テーブルの上には、ラップのかかったおにぎりやおかずも並べられている。

試合は進み、ついに最終回になった。ぶたぶたのチームが一点差で勝っている。けれど、バッターボックスにいる女の子は、四番打者だった。2アウトだが、一人ランナーが出ているので、ホームランでも打たれたら逆転されてしまう。

2ストライク3ボール。あとのない女の子が、思いっきりバットを振った。

「ああっ！」

小夜子は声をあげる。打球はぐんぐん伸びる。ライトの方角だ。センターの子がダッシュをしたが、少し遅れた。ぶたぶたも走る。そして何を思ったのか地面を蹴って飛び上がると、身体をねじって向きを変えた。そこにちょうどボールが――！

「きゃーっ！」

お母さんたちの悲鳴があがる。ボールがぶたぶたのお腹を直撃したのだ。女の子は走るのも忘れて固まってしまった。ぶたぶたは地面にぽてんと落ち、くるくるっと転がって、そのままお腹にボールを抱えたまま、ほこりだらけで立ち上がった。

「やったー！」

センターの男の子がグローブを放り上げて、ぶたぶたにかじりつく。他の選手たちもどんどん集まって、ぶたぶたを胴上げした。軽いのでいくらでもできるし、どこまでも高くあがる。電線のない空に、ぶたぶたの小さな身体が何度も何度も舞った。

小夜子はようやくあたりを見回した。土手の草むらの中に、伸也が座っているのを見つけた。

「パパ」

声をかけると、伸也はいたずらを見つけられた子供のように目を丸くした。息子たちにそっくりだ。

「何でお前……こんなとこに」

「さあ、何ででしょう」

伸也の顔が真っ赤に染まった。それを見て、小夜子は複雑な気分になる。考えてみれば、これだって浮気と言えないことはない。ただ、相手は女ではなく、ぶたのぬいぐるみだった、ということなのだが。

でも小夜子だって、もしぶたぶたが自分の家の近所にいたなら、伸也と同じようなことをしたかもしれない。いい歳をして、かわいいぶたのぬいぐるみに夢中になるなんてこと、誰にも言えないって思うだろう。中年男だったらなおさらだ。ましてや本人になんて――

せいぜい勤めているお店に足繁《あししげ》く通うか、こうして野球の試合を見に来たり、似ているぬいぐるみをUFOキャッチャーで必死に取ったりするくらい――。

けなげだ、と思うが、嫉妬《しっと》の気持ちがないわけではなかった。だから、まだあたしがぶたぶたに招待されたなんてことは黙っているのだ。あたしは、ぶたぶたと握手もしたことがある。

「ママー、あのぬいぐるみって――あっ、パパ！」

土手を登ってきた息子たちが、父親に飛びついた。

「ここに来るつもりだったのか……？」

「そうよ」

「どうして？」

小夜子はやっぱり笑って答えない。

「ママ、なんかいい匂《にお》いするよー」

河原では、敵も味方もなく、みんなが鍋に群がっていた。ぶたぶたはエプロンをつけて、もうみんなに豚汁を配っている。

「あれは豚汁の匂いよ。お昼はここでごちそうになりましょう」

「やったー!!」

二人が歓声をあげた。

「ええっ……何で?!」

伸也だけが目を白黒させている。

「あのぬいぐるみ、何なの? すごいねー、一緒にサッカーやりたいな」

「誘ってみれば? 得意かどうか訊いてごらんよ」

「話せるの?!」

息子たちの目がきらきらと輝く。あっという間に鍋のあたりに紛《まぎ》れ込んだ。

「パパも早く」

小夜子にひっぱられて、伸也はのろのろと足を動かした。

「あ、そうだ」

突然振り返った小夜子に、伸也はぎょっとした顔をする。

「あのぬいぐるみ、きんぴらごぼうが上手よね」

彼は、しばらく黙っていたが、やがてうなずいた。やっぱりそうだったのか。

「ママーっ、あのぬいぐるみねーっ、山崎さんっていうんだってー!」

「ぶたぶたって名前なんだってー!」

土手の下から、息子たちが叫ぶ。はっとして伸也を見ると、照れくさそうに笑って目を伏せた。

小夜子は、夫と腕を組んで、ゆっくり土手を降りる。伸也のお腹が、ぐう、と鳴った。

山崎という人は、実在したのだ。

お父さんの休日／3

若林《わかばやし》良枝《よしえ》は悩んでいた。

この新しいスーパー——初めて来てみたらば、ミネラルウォーターが百円なのだ。入口に〝朝市〟とあった。午前中の特売らしい。しかも、お一人様六本まで。箱買いができる。それでたったの六百円。だったら、一本なんてちまちま買えない。ぜひ箱で持って帰らねば。

しかし、問題はいつも利用しているスーパーの前を通らないと帰れないということである。浮気というものには、こういう危険が伴うものなのね、と妙に納得をしてみたりする。けどまあいいか、と思う。別に見つかったところで悪いことをしているわけじゃないし。「六百円で売ってたのよ」とか言ってやれば、あそこも安くするかもしれない。そしたら楽だ。

時間はそろそろ十二時になろうというところだった。早くしないと、百円ではなくなってしまう。残りも少ない。積まれた箱は、あと一つ。バラで三本。

問題はもう一つある。重い、ということだ。わかりきってはいるが。さらに外を何気なく見てもう一つ。だんだん暗くなってきた。天気予報はばっちり当たりそうだ。このまま雨になるだろう。さっきまでの上天気が嘘《うそ》のようだ。洗濯物はあらかじめ中に干してあるからいいが、雨の中、箱を持って帰るのはつらそう……。

でも、こんなに安いミネラルウォーター――箱は無理だとしても、二、三本は買いたい。今度はマメにチラシなどをチェックして、必要ならば夫を駆り出そう。使えとうるさいのは彼なのだから（水割り、コーヒー、お茶などにはミネラルウォーターと決めている）、文句は言わせない。

六本入りの箱を、試しに抱えてみる。思ったよりも重くないではないか。これなら何とか持てそう。今日はリュックで来ているから、両手が空《あ》いているし。

よし、持って帰ろう。でも、その前にひと回り――他にも何か目玉品があるかもしれない。

売場をさーっと巡《めぐ》って、良枝は断然うれしくなる。けっこう安い店じゃないの。ちょっと遠いけど、今度からこっちに通おうかな。よし、今度は自転車で来よう。

ああそれにしても、こういうことばっかり発掘して、主婦仲間に教えて、クーポン集めたり、ポイントカード作ったり――毎日毎日、代わり映えしない。何か面白いことないかなー。今日の午後、友だちと思い切り盛り上がれるくらいのことが。一番受けると、気持ちがいい。刺激があることこそ、最もうらやましがられるのだ。

安い安いと言いながら、結局良枝が手に取ったのは特売のブイヨン一袋だけだった。さあ、雨が降る前にさっさと帰ろう。

ところが、再び水が置いてあるところに戻ってきた良枝が見たのは――箱がなくなっていたことだった。

何てこと！　最後の一箱を――あたしが持って帰るはずだった水はどこ?!

あたりを見回すと、店員が水の箱を何かの乗《の》り物に載せていた。何あれ……何だっけ。ちょっと前、子供たちが欲しがってたけど、すぐに下火になってしまい、もう誰も欲しいと言わなくなった……キックスケーター？　だったっけ？

それにどうして水を載せているんだろうか。店員は、キックスケーターの足を載せる部分に箱を載せ、自転車の荷物ひもでぐるぐると縛りつけている。あれじゃ、足が載らないだろう。台車の代わり？　それならわかるけど、用意周到な客だ。

「それ、あたしが買おうと思ってたんだけど」

良枝は、店員に近寄り、堂々とそう言う。若い男の店員が、びっくりしたように顔を上げ、あわてて立ち上がった。

「それ、どうするの？」

「お客さまがこれで持って帰られるというので、くくりつけているんです」

「箱のは、もうこれで終わり？」

「あ、すみません……箱ではもう、売り切れてしまいました」

店員は申し訳なさそうに頭を下げた。

「ほんとにないの？　どうせ午後から普通の値段で出す分があるんでしょ？」

「いえ、もう在庫がこれで最後なんです」

「そんなあ。あたしもこれ買おうと思ってたのに」

「申し訳ありません」

本当にないらしく、食い下がっても何も出てこない。

「半分分けてもらおうかしら」

「ええっ」

若い店員が、露骨にいやな顔をした。どうしてそんな顔をされるのか、良枝は納得できない。このキックスケーターの持ち主には、ひもで結んであげたりしてるくせに。あたしだって、同じお客でしょ？

「全部で九本残ってんのよ。あたし四本、その人五本でいいじゃない。あたしの方が少ないんだし」

「はあ……でもそれでは、こちらのお客さまが持ちにくいので……」

「じゃあ、箱あげるから」

店員の顔には「そういう問題じゃない」と書いてあるが、良枝はおかまいなしだ。

「じゃあ、こっちの水混ぜてもいいから」

隣にある五百円の海洋深層水を指さす。

「いえ……それは商品が違いますので……」

「何で？　水じゃないの。まあいいわ。早くしてよ、雨降ってくるでしょ？」

「いいですよ。分けましょうか？」

背後からの声に、振り向くと、誰もいない。

「誰？」

「下です、下」

言われるままにうつむくと――足元に、ピンク色のぶたのぬいぐるみが立っていた。スーパーのカゴを持っている。中には、モッツァレラチーズと月餅《げっぺい》が入っていた。

「四本と五本に分けましょうか？」

良枝は、そのぬいぐるみと店員を交互に見比べる。一瞬、黒ビーズの目と目が合う。首を傾《かし》げたような気がした。

「何？」

そして、店員に向かってそう訊《き》いた。すると彼は、手をぬいぐるみの方に差し出し、

「分けてもいいって、そちらのお客さまがおっしゃってます」

と言った。

そちらのお客さま……ぬいぐるみが？

「えっ?!」

良枝は、そう言ったまま、何も言葉が出なくなった。ちょっとやそっとのことでは驚かないと思っていたのだが、こんなことが起こるなんて、想像もしていなかった。店員とあたしは人間、お客さまはぬいぐるみ……ああ、童話みたい。けど、驚いているのはあたしだけ。

良枝は、ブイヨンを店員に渡し、そのまま無言でスーパーを出ていった。誰もひきとめてくれなかった。

が、すぐには帰らず、様子をうかがう。しばらくして、ぬいぐるみがキックスケーターに乗ってスーパーから出てきた。くくりつけた箱と思いっきり下げたハンドルの間にはさまるようにして立ち、短い足で懸命に地面を蹴《け》っていた。あれは乗るより、後ろから押した方が早くなかろうか——と良枝は思ったが、さっきのように図々しく声をかけることはできず、ただただ後ろ姿を見送るのみだった。

普段、刺激がないないと愚痴《ぐち》っていたから、神様がとびきりのものを与えてくれたのかもしれない。こんなにびっくり、どきどきしたのは久しぶりだ。人に言っても信じてもらえそうにない。頭がおかしくなったと思われるだろうか。ぬいぐるみと、水を取り合いしただなんて。

ぽつぽつと雨が降ってきて、ようやく良枝は我に返る。

けど、友だちに言っても、笑ってはくれるだろうが、誰もうらやましがってはくれそうにないなあ……。あのぬいぐるみか店員、あるいは両方が、ものすごい美青年とか美少年だったらよかったのに……と良枝はぶつぶつつぶやきながら、折りたたみの傘を広げて、歩き出した。


「雨降ってきましたねー」

隣の席でカットをしている先生が、お客さんに話しかける。

「あ、ほんと」

常連のお客さんは、窓の外に目を向けて顔をしかめた。

「傘持ってます？」

「折りたたみ持ってきたから。天気予報じゃ雨になるって言ってたじゃない？」

「梅雨ですもんねえ。晴れてても絶対油断できませんものね」

細かいロットを巻きながら、赤居《あかい》サツキは洗濯物をどこに干したのか思い出していた。

確か中に干したはず。大丈夫だ。サツキは小さく安堵《あんど》のため息をつく。

「すぐやみそうですね。明るいし」

「でも、もう晴れないみたいよ。夜には本降りになるって」

ああ、ふとんが干したいのに……とサツキはまたため息をついた。

「すみません！　ハサミを貸してください！」

　突然入口のドアが開いて、そんな声が聞こえた。

　サツキは、その声の持ち主を見て、目を丸くした。ピンク色のぶたのぬいぐるみだ。バレーボールくらいの大きさで、右耳がそっくり返ったぬいぐるみが、鼻先をもくもく動かしながら、

「申し訳ないんですけど、ハサミを――」

と言っている。手にはスーパーのビニール袋を持っていた。

　その時、お店には先生とサツキ、サツキの一年先輩の女の子、入ったばかりの男の子、そしてお客さんが二人いた。その六人が、全員驚いていた。

「……ハサミ……ですか？」

　一番最初に声が出たのは、サツキだった。

「いい奴じゃなくてかまいません。ビニールを切るだけなんで」

　ぬいぐるみは、すがるような瞳《ひとみ》をサツキに向けた。

「ビ、ビニール？」

　受付のペン立ての中に、普通のハサミがあったはずだ。サツキがそれを取り出すと、

「あっ、そうです。そんなんでいいんです！」

　すごくうれしそうな声でそう言う。顔もぱっと明るくなったようだった。点目《てんめ》だから、

雰囲気がそうだってだけなのだが。

「すみません、お借りします」

ぬいぐるみは、サツキからハサミを受け取ると、持っていたスーパーのビニール袋をじゃきじゃき切り始めた。何するんだろう、と六人全員が見守る中、ぬいぐるみは器用にビニールを切り刻み、それを頭にかぶった。

「合羽《カッパ》……」

お客さんが声を出す。ぬいぐるみが、にっこり笑った。

「すみません、お騒がせして。ありがとうございました」

ぬいぐるみはぺこりと頭を下げて、入ってきた時と同じように慌ただしく出ていった。しっぽに結び目がついていた。

サツキは思わずあとを追う。即席の雨合羽をかぶったぬいぐるみは、大きな箱を載せたキックスケーターで去っていくところだった。雨は先生が言ったとおりに小降りだったが、布製ではきついのかもしれない。後ろ姿は、とても急いでいるようだった。

以前、この道で猫を拾ったことがあったけれども……あのぬいぐるみは……野良じゃないよね？　キックスケーター乗ってたし、箱にはミネラルウォーターが入っているらしかったし……。

けど……また通るのかな。話しかけたりしても、いいのかな。髪の毛――はないから、カットしに来てはくれないだろうが。


昭生はさっきから気が気ではなかった。

雨が降ってきたからだ。向かいのマンションには、洗濯物もふとんも干したまま。さっき窓が閉められたのだが、それ以降動きがない。窓は下半分だけ曇《くも》りガラスだが、レースのカーテンが引かれているので、透明でも中の様子は見えない。

雨が降ってきても、ふとんや洗濯物は一人で勝手に家の中に入るものだと思っていた。だって、一人で干されてたんだから、当然だろう。

けれど、ふとんも洗濯物もぴくりとも動かない。このままでは濡《ぬ》れてしまう。昭生は向かいのベランダに向かって、叫んだ。

「雨が降ってきたよー！」

びっくりしたのは、家の中の大人たちだ。ハナはもう、昭生の部屋に運び込まれたベッドの上で寝ている。

「おーい！　早く家の中に入んなよー！」

「ちょっと昭生、何叫んでるの？」

お母さんが、あわててベランダに出てきた。

「雨が降ってきたから……」

お母さんは向かいのベランダを一瞥《いちべつ》して、

「まー、あんたがそんな親切だとは思ってもみなかったわ！」

と、大げさに驚く。別に親切ってわけじゃないけど、もしかしてあのふとんたちが寝てるんだとしたら大変だから――と説明するのはめんどくさいので、黙っている。

「そろそろお部屋を片づけなさい。家具とダンボールはみんな入れたから、服とかをタンスに入れるのよ」

お母さんはそう言うと、とっとと部屋の中に入ってしまう。昭生は、もう一度向かいのふとんをにらみつけた。「起きろ起きろ」と勝手に寝ていることにしてテレパシーを送る。けれど、昭生は超能力者でも何でもないので、ふとんたちは身じろぎもしない。

昭生ははっと気づく。もしかして、あの部屋の中にはふとん以外の何か（人間も含めて）がいて、それがベランダの窓の鍵《かぎ》を閉めてしまったのかも。ふとんたちは、閉め出されてしまったのだ。昭生にも経験がある。冬、ハナとベランダで遊んでいたら、お母さんが鍵を閉めて買い物に行ってしまったのだ。寒かった。ハナがいたからよかったものの、いなかったらきっと凍え死んでた。

多分それだ。かわいそうに。聞こえないけど、「開けてー」って言ってるのかもしれない。

「雨だよー！」

　もう一度昭生が叫んだ時、窓がすっと開かれた。声が詰まるほどびっくりするが、それよりも驚いたのは、洗濯物が部屋の中にぽんぽんと飛んで行き始めたことだ。すごいすごい。こないだ学校のテレビで見たトビウオみたい。何て活《い》きのいい……。

　目にも留まらぬ速さで洗濯物が避難をし、ふとんも急ぎ足で部屋の中へ入っていく。少し濡れたかもしれないが、あれくらいならセーフかな？

　部屋の中の何かも、雨が降ってきたことがわからなかったのかもしれないな。僕の声が、ちょっと役に立ったのかも。昭生は、少し得意げだ。

「昭生！　もういいから、早く片づけなさい！」

　背後から、お母さんの雷《かみなり》が落ちた。昭生は、肩をすくめて家の中に入った。


　樋口は、オートロックのマンションのインタホンに向かって、

「山崎さーん、お荷物でーす」

　と言った。

「はい……どうぞー」

　インタホンからは、やたらぜえぜえした声が流れてきた。今朝の電話の声と同じだ、と樋口は思う。

　五階に上がって、玄関のチャイムを鳴らすが、なかなか反応がない。もう一度鳴らして、

すこし待ってから、ようやくドアがゆっくりと開く。しかし、人の気配がない。

「下、下」

言われるままうつむくと、ぶたのぬいぐるみが、ドアを押さえていた。

「うっ」

樋口は、思わず変な声をあげてしまうが、すぐにドアストッパーだと思う。よく勘違いするのだ、犬かと思ったらドアストッパーって。しかし次の瞬間、ぬいぐるみが膝《ひざ》に手を当てうつむき、肩を上下させたものだから、もっと驚いてしまう。持っているものを落としそうになった。

「雨……降ってきましたね」

ぜえぜえしているせいなのか、やたら渋い声でぶたのぬいぐるみは言う。何か悪い冗談なのか？　後ろに操っている人でもいるのだろうか。何となめらかに、自然に動くのであろうか。

「あの……山崎さんのお宅で……？」

樋口は、ぬいぐるみにたずねてしまう。

「はい、そうです」

声は下から聞こえる。どう見ても、このぬいぐるみがしゃべっていた。

「……ぶたぶたさん？」

「そうです」

ぶたぶたさん――。当たり前だが、口に出して言ってしまった。インターネットのハンドルネームじゃあるまいに――ぶたぶたさん、だなんて。

こんな歳《とし》になって、こんなことを口にするとは思わなかった。しかも、その響きに妙な甘酸《あまず》っぱさを感じてしまうとは。恥ずかしさとでも言うべきか……いや、それとはまた違う、不思議な感覚。

樋口は、自分が小学生の頃に書いた物語をいきなり思い出した。あの頃は、誰かが何か、自分だけの特別の荷物を、運んできてはくれないか――といつも思っていたのだ。自分宛《あて》の小包をもらってみたかった。そして、それを運んでくるのは、ただの人間ではいけなかった。動物とか妖精《ようせい》とか優しい巨人とか――とにかく、この世のものでない何かに来てほしかったのだ。

立場の組み合わせは狂っているが、まさか大人になってこんなことが実現するとは。

樋口は、ぶたぶたが手を差し伸べているのに気づいた。まるで、「さあ、この手を取って」と言わんばかりだった。

「やっと来たね。僕は待っていたんだよ」

自分が言うはずだったセリフを、ぶたぶたが言っているようだった。ここはまさか……異世界への入口？

樋口は胸がどきどきしてくる。行ってしまったら、妻や生まれたての子供はどうなるんだ。戻ってこれるんだろうか。異世界で俺は何をすればいいのだ。彼は、俺に何を求めているのだ。勇者《ゆうしゃ》になれとでも言うのか？

「あの……」

ぶたぶたが、首を傾げて樋口に声をかける。

「はんこ、どうぞ」

「あ……」

盛り上がった気持ちは、急速にしぼんでいく。ぶたぶたは手を差し伸べていたのではなく、はんこを差し出していただけだったのだ。

樋口は、ぶたぶたに荷物を渡し、受取証にはんこを押した。ぶたぶたは、荷物が思ったよりも軽くて、びっくりしたような顔をしている。

部屋の奥の方から、電話の呼び出し音が聞こえてきた。後ろを振り向いて、しきりに気にしている。

「ありがとうございました」

「あ、それじゃごくろうさまです」

ぶたぶたはそう言うと、ドアを閉めた。

樋口は、閉まったドアを見て、思わず涙が出そうになった。ただの勘違いだった。けど、こんなにいろいろ考えさせられた勘違いは初めてだ。バカみたい、恥ずかしい、と思ったけれど、うれしくもあり、悲しくもあり。別に誰かに迷惑をかけたわけでもないし。
ぶたぶたさん――ともう一度心の中でつぶやいてみる。ドアはもう開かなかったが、何だか少し得をした気分だった。

女優志願

1

ドアを開ける前に、奈美《なみ》は大きなため息をついた。胸が高鳴る。落ち着かせようとしても、決しておさまることはなかった。

初めてスポットライトを浴びた時のことが甦《よみがえ》る。高校生だった。スカウトされ、あるデザイナーのショーに出た。舞台の袖《そで》で出番を待っていた時と、同じ気持ちだった。十五年たっても、忘れられない。記憶はいつまでも鮮《あざ》やかだった。

奈美はドアノブをつかみ、一気に引いた。真っ暗な闇《やみ》が広がる。けれど、それが今の彼女のスポットライトだ。

「ただいま」

最初のセリフ。返事はない。そう、ト書きどおり。

玄関に灯《あか》りをつける。舞台は、次第に明るくなっていき、そこがごく普通のマンションの一室であるとわかってくる。部屋数はそれほどでもないが、なかなかの広さだ。落ち着いた色合いと趣味のよいインテリア、素晴らしい借景で、住宅雑誌のグラビアに出てもおかしくない、自慢の家。

奈美と夫――橋場寛雄《はしばひろお》の家。

「いないの？」

さらに奥に進む。

マンションの部屋すべてに灯りをつけて、奈美は寛雄が家にいないことに気づく。どうしたんだろう。もう帰ってきていてもおかしくない時間なのに……。

そのうち帰ってくるだろうと思って、彼女は持っているバッグを食卓に置き、窓を開けようと――。

でも、鍵《かぎ》は開いていた。

奈美は不審に思い、ベランダに出て、あたりを見回す。窓の下には、薄暗くてあまり住人でも使わない私道がある。暗い上に視界を樹木で遮《さえぎ》られている。そこに目を凝らすと――人が横たわっているのが見えた。

いやな予感に襲われた奈美は、もっとよく見ようと身を乗り出す。すると、木の枝に隠れていた横顔が月の光に照らされて、くっきりと見えた。

寛雄だった。

奈美は悲鳴をあげる。そう、悲鳴をあげなくては。

けれど彼女の口からあふれたのは、笑い声にもよく似たおかしな声だけだった。足から力も抜けかけている。そんなんじゃだめだ。しっかりしなくちゃ。

奈美は歯を食いしばり、立ち上がって、もう一度悲鳴をあげた。

静まり返った住宅街に、彼女の声が響き、隣や上階の窓が開けられる音がする。

そのあとは、よく憶《おぼ》えていない。演技するのに必死だったから。

気がつくと、奈美は家に戻っていた。寛雄に付き添っていったん病院に行ったのだが、彼は蘇生《そせい》しなかった。

「ほぼ即死だったようです」

医師の声は、ここだけはっきり聞こえた。

遺体は解剖のため、警察にひきとられ、彼女は家で連絡を待つために帰った。が、一人で待つことはできなかった。今この家には、たくさんの警察官がいる。病院にやって来た刑事が、

「一応、事故と自殺、それから事件の三つの可能性から捜査をします」

と言ったからだ。つまり、誤ってベランダから落ちたのか、ベランダから飛び降りて自殺をしたのか、あるいは何者かに突き落とされたのか——。

けれど、その結論も、もうすぐ出そうだった。先ほど、寛雄の部屋の机の上から、一枚

のメモが発見された。

「これからずっとお前を苦しめるのはいやだ」

走り書きだったが、確かに彼の字で、そう書いてあった。彼の部屋に置いてあるブロックメモの紙だ。

それを見た瞬間、奈美はソファーに倒れ込んだ。今まで出そうとしても出なかった涙が、自然にあふれ出た。しばらくしゃべることもできない。

警官たちは、遠巻きにして何やらひそひそと話をしている。奈美はハンカチに顔を埋めながら、何を話しているのか聞き取ろうとしたが、無理だった。

その時、制服の警官に導かれるようにして、若い私服の男が入ってきた。さっき病院で会った刑事はだいぶ年上だったが、彼は自分とほとんど歳《とし》が変わらなそうだ。三十前後だろうか。ひときわ高い身長だが、威圧感はない。

「橋場奈美さんですね。春日《かすが》署刑事課の立川《たちかわ》です」

男は手帳から名刺を出して手渡した。

「このたびはご愁傷《しゅうしょう》さまです」

儀礼的——とはいえ、優しげな口調に、奈美は無言で頭を下げた。ほろり、と涙が膝《ひざ》の上にこぼれる。

「ご主人——橋場寛雄さんのお話を詳しく聞かせていただきたいのですが」

「はい……」

涙をこらえて話し出そうとするが、喉《のど》がひくひくして、うまく話せない。

「こんなことになるなんて……！」

まるで身体《からだ》が憶えているかのごとく、口走った。

「わかります。ショックだったでしょう」

立川刑事は、本当に同情してくれているみたいだった。しばらくじっと見守るかのような沈黙が流れる。やがて彼は静かに言った。

「こんな時に大変申し訳ないんですが……形式的なものなので、いくつか質問をさせてください。お願いします」

「はい……」

返事はすれども、具体的な言葉がなかなか浮かばない。何をどう言えばよかったのか……ぐずぐずしているうちに、制服の警官が彼に何事か耳打ちをした。

「すみません、ちょっと失礼します」

彼は入ってきた方にまた去っていった。耳打ちをした警官が見張りのように突っ立っている。奈美は、ハンカチの中に顔を埋めてため息をついた。頭の中を猛スピードで整理する。これからまた彼と話す時には、もっとちゃんとしなければ。あたしは、愛する夫に死なれたばかりのかわいそうな若妻なのだから——。

「お待たせしました」

刑事の声に、奈美は顔を上げた。すると、目の前にはぬいぐるみが。

薄いピンク色をしたぶたのぬいぐるみだ。大きさはバレーボールくらいで、右耳が後ろにそっくり返っている。そんなぬいぐるみの点目《てんめ》が、奈美をじっと見つめていた。

何これ。

どうして彼は、こんな薄汚いぶたのぬいぐるみなんか持ってるの？

「橋場奈美さんですね？」

それはさっきも訊《き》いたじゃない。どうして二度も確かめるの？

「はじめまして。春日署の山崎です」

目の前に、にゅっと名刺が現れる。

名刺は、ぬいぐるみの前足の先についていた。

「手帳取ってくれる？」

「はい」

立川刑事は、ぬいぐるみが背負っている黄色いリュックから警察手帳を取り出して、ぬいぐるみに手渡した。

ぬいぐるみの両前足には、手帳と名刺が。こっちに向かって突き出されていた。

「名刺、どうぞ」

よく見れば、声と同時にぬいぐるみのピンク色の鼻がもくもくと動くのだ。奈美は思わず名刺を受け取り、しげしげとながめた。

警視庁春日署刑事課

という部署の横に、

山崎ぶたぶた

と書かれている。

「ぶたぶたとお呼びください」

右の前足にくっついている鉛筆を振り回しながら、そう言う。

「え、あのう……どういうことでしょう」

自分の立場をすっかり忘れて、奈美はたずねた。

「え、今日の状況をお訊きするということなんですけど……」

そう言って、自分を抱えている立川刑事の顔を見上げる。ぎゅーっと鼻が上にのびたみたいに見えた。

「立川くん、事前にお話ししてなかったの？」

「いえ、先ほどご説明しましたが……」

ぬいぐるみを大事そうに抱えた立川刑事が困ったような顔をした。

「あ、あのう、それはさっき聞きました……」

そうではなくて、この状況だ。何これ。このぬいぐるみは何者？　あたしはどうしてここにいるの？　何が起こったの？　めまぐるしく浮かぶ疑問にはいっさい答えは見つからない。心臓の鼓動が次第に速くなっていく——。

「動転してらっしゃるようだ」

「そうですね」

夫が死ななくても、こんな状況だったら誰だって動転すると思う。これは……抗議すべきこと？

「立川くん、お茶でもお持ちして」

「はい」

まさかうちの冷蔵庫から勝手に何か出してくるのか、と思ったが、立川刑事は部屋の隅のバッグの中から缶のウーロン茶を持ってきた。中身を紙コップにあけて差し出したので一応受け取ったが、奈美には飲む気が起こらない。

ぬいぐるみは、ソファーの手すりにちょこんと乗せられていた。誰かのいたずらのように見えるが、そんなこともなく、そのうち立川刑事と小声で話し始める。

「ぶたぶたさんも飲みますか?　お茶」

「ううん、僕はさっき鼻濡《ぬ》らしちゃったから、いいや」

そんな会話が聞こえる。そう言われて見れば、ぬいぐるみの鼻の先に茶色く濡れたような染《し》みがついていた。立川刑事は、ティッシュでぬいぐるみの鼻をぎゅっとつかんだ。小さな子供が鼻をちんされているようだ。

「落ち着かれましたか?」

しかし、そのあとにぬいぐるみが発した声と口調は、中年男そのものだった。目を閉じれば、落ち着いた渋さが漂う。あくまでも目を閉じれば、だが。

「日を改めて――と言いたいところなんですが、何がどうご主人のためになるか、今の段階ではわからないんですよ。ですから、情報は多い方がいいんです。申し訳ありませんが、お話ししていただけますか?」

とても腰の低いぬいぐるみである。どこが腰だかわからないが。

「あなたに?」

奈美はつい本心を語ってしまう。言ってしまってから、頭に一気に血が昇っていくのがわかった。ローテーブルの上に、紙コップを置く。

「はあ、私に」

「どうして?」

「私も一応、この件の担当なんです」

さも当然、という口調だ。

「そんな……だって、ぬいぐるみでしょ?」

「そうですけど」

奈美にはそれが、開き直ったように聞こえた。

「あたしをからかってるわけ?　何なの、あなた!」

最後の「あなた!」で立川刑事を指さす。

「からかってるわけじゃありませんよ」

彼はさらに困った顔になった。

「いったい何なの、みんなしてあたしをバカにして……!　あたしが何をしたって言うのよっ!」

奈美は立ち上がってわめき散らす。警官たちが、手を止めて彼女に注目している。でもこのセリフは——アドリブだ。

「あたしはさっき夫に自殺されたのよ!　何が何だか、それだけでもわかんないのに、どうしてこんな……こんな……!　これ以上、あたしにどうしろっていうのよ?!」

こぼれ落ちる言葉を止めることもできず、奈美はほとんど叫んでいた。自分の中の冷静な部分が、「もう限界だ」と静かに言った。そう、もうあたしはだめだ。立っていられない。膝から力が抜けていく。それでもまだ叫び続けて……いったいあたしは何を言っていたんだろうか。

2

「気がつかれましたか？」

その声に目を開けると、目の前に中年男の顔があった。しわの刻まれた目元、かすれた声。きちんとスーツを着て、奈美の顔を見つめている。

「私は春日署の島《しま》という者です。ご気分はいかがですか？」

「あ……大丈夫です。あたし、どうしたんですか？」

彼女は、寝室のベッドに服のまま横たわっていた。

「倒れられたんですよ。ショックだったんでしょう」

次第に思い出してくる。そうだ。夫が死んだのだ。警察がうちに来て……何だかわからないけど、ぬいぐるみが刑事だなんて夢？　を見たの？　そして、倒れた。

なぜだろう。すべては計画どおりだったのに。けれど、倒れたことがマイナスとは思えなかった。自分は夫に死なれたかわいそうな若妻なのだから。

「他の警官たちは帰りました。今は私と数人の者がいるだけです。喉渇きませんか?」

島刑事は立ち上がると、半開きだったドアに顔を突っ込み、何かを小声で命じた。少しすると、若い女性が缶のウーロン茶をトレイに載せて入ってきた。彼女は、警官たちがどやどやとやってきた時からいた人で、先ほどは確か写真を撮っていたのではなかったか。

「こんな時に申し訳ないんですが、二、三、お訊きしたいことがあるんです。――女性がいた方が話しやすいですか?」

お茶を一口含むとまだ冷たくて、喉を滑り落ちていく瞬間、大きなため息が出た。

「いいえ、大丈夫です。もうだいぶ落ち着きました」

奈美は気をひきしめる。ここでボロを出してはいけないのだ。複数よりも、一人の方がいいだろう。

女性が一礼をして寝室から出ていくのを確認してから、島はまた口を開いた。

「ご主人が……自殺をする理由に心当たりはおありですか?」

小刻みに首を振る。

「今朝も普通に家を出て、会社に行ったんですが……」

「死亡推定時刻はだいたい夕方の六時くらいということなんですが、ご主人、会社を早退なさってる」

「ええ、午後から病院に行って、今日は早めに帰ると言っていたんです」

「病院ということは、ご病気で？」

「そうです。肺の方に腫瘍《しゅよう》が……」

「ガンですか？」

「そうです。でももう手術をして、お医者さまは、初期なのでそんな心配はないって……」

島刑事はメモしていたノートの間から、ビニール袋に入ったメモ用紙を取り出す。

――これからずっとお前を苦しめるのはいやだ
奈美はあっと声をあげた。ふいに胸の鼓動が速くなる。身体中から汗が噴き出した。

「これは、ご主人の筆跡ですか？」

「は、はい……そうです」

「他には何も書かれてませんが――これはやはり、ご主人が亡くなる前に書かれたものだと思いますか？」

無言でうなずく。

「ご病気のこと、気にされてましたか？」

「まあ、それは……告知されてから、しばらくはだいぶ気にしていたようですけど」

「手術の経過は？」

「とてもいいってお医者さまは言ってました。再発の可能性もかなり低いって……。だから最近は、そんな気にしているようには見えなかったんですけど……あたしも忙しかったから、ちゃんと見てあげてれば……」

　自然に涙があふれてくる。

「今日はご主人、お一人で病院に行かれたんですね？」

「はい。私はお台場《だいば》の方で打ち合わせをしてまして」

「失礼ですが、奥さんのお仕事は？」

「あの……たまにモデルをしているんです」

　島刑事は奈美を改めて見つめたが、憶えがない、と顔に書いてあった。無理もない。結婚してからほとんど露出していないし、昔やっていた仕事だって、若い女性向けのファッション雑誌だ。彼が目にするようなことはなかったろう。

「そうですか。確かにおきれいですね」

　しかし彼は、ふいっと視線をそらした。奈美の顔ではなく、別のことに考えが及んだようだ。

「あの……主人は本当に自殺をしてしまったんでしょうか？」

　言ってからまずい質問だったか、と思ったが、反対にこんなことを訊かれた。

「信じられませんか？」

　奈美ははっと息をのむ。しばらくののち、うなずいた。試されているようだった。

「そうでしょうなあ……」

気の毒そうに彼は言った。奈美の目から、再び涙がこぼれる。

モデルをやっていた頃から、本当は女優になりたい、と思っていた。自分には演技の才能があると思っていたからだ。結婚する直前に、テレビドラマ出演の話も来ていたが、その時はなぜか、結婚の方が魅力的だと思ってしまった。それは間違いだった。あの頃、この才能に誰かがいち早く気づいてくれていたら――。こんなにも完璧《かんぺき》に演じられるのに。

今も昔も変わらないはずなのに――。

「あのう、ご主人は誰かから恨《うら》まれるようなことはありませんでしたか？」

胃がきゅっと収縮するのを感じる。

「いいえ……まさかそんなこと、ないと思いますけど」

「そうですか」

「そんな可能性もあるんですか？」

「いえ……一通りうかがうことになっているだけですよ」

そう言って、島はまたさっきと同じ、同情するような顔をした。だが、

「それから、申し訳ないんですが……今日の午後六時頃、奥さんはどちらにいらっしゃいましたか？」

まったく変わらない顔で、そんなことをたずねた。食えない男かも、と奈美は思う。

「お台場で打ち合わせが終わったのが、午後四時過ぎでした。それから、遅い昼食を食べて、目を通したい本があったので、そのレストランに六時くらいまでいました」

実は、ドラマの話が来ているのだ。本決まりではないが、プロデューサーとは顔を合わせた。目を通したい本とは、その原作だった。

「何というお店ですか？」

奈美は、店の名前を言う。

「誰ともご一緒ではなかったんですね？」

「ええ。でも、そこにスカーフを忘れたんです。電話をしたら、送ってくださるって。住所を教えました」

完璧だ。

「そうですか……」

島は、ぱたんとノートを閉じた。

「他に何か——そちらからご質問などはおありですか？」

彼の質問に、奈美は本当にたずねようとしたのだ。

「あのぬいぐるみは何なんですか？」

と。

けれど、悩んだ末にやめた。だって、そんな質問、今のあたしにはそぐわない。悲しみに暮れているだけで充分だ。

「それではこれで。どうも長居をしてしまって、すみませんでした。またご連絡いたします」

島たちが帰って、ドアに鍵をかけてから、今度はソファーに横になって、少し休んだ。

――あれでよかったんだろうか。よくわからない。けれど、少なくとも、何とか切り抜けることはできた。

奈美は起きあがり、携帯電話を手に取った。これから連絡しなくてはいけないところがたくさんある。ニュースでどこまで報じられているのかわからないが、どこからも連絡がないということはまだ誰も知らないのだろう。お互いの両親は、すでにこちらに向かっているが、他に友人たち、会社関係、そして葬儀社にも――けれど、連絡する前に、早く声を聞きたい人がいた。

呼び出し音一回で、相手は出る。

「もしもし……？」

慎重な声が響いた。

「もしもし……あたしです」

「……どうした？」

「寛雄が……死んだの。自殺よ」

電話口に出た男は黙っていた。これも計画どおりだ。ことのあとで、不用意な会話をしないこと。奈美と彼の間で決めたシナリオだ。

「自殺……」

しばらくして、彼が確認するように言った。

「そう。自殺なの」

彼女がもう一度そう言って、見せかけの会話の裏側にある意味をつかみとる。

「うまくいった」

ということを。

彼——村上豊《むらかみゆたか》は、寛雄の中学時代の同級生だ。その当時は親友だったと言っていたが、卒業してから二年前の同窓会までは会っていなかった。

同窓会で、旧交を温め合い、飲み直すために寛雄は豊を連れて帰ってきた。地方に住んでいる彼は、そのまま家に泊まっていった。

寛雄と豊は、その後結局会うことはなかったが、奈美と豊は頻繁《ひんぱん》に会うようになった。

彼と関係を持ったことによって、寛雄への気持ちは急速に冷《さ》めていった。真面目《まじめ》で堅実、穏やかな性格だと思っていたのに、堅物《かたぶつ》でケチで、神経質な人だと思い始め、次第にうっとうしく感じるようになった。大胆で、子供のように大きな夢を語る豊の姿は、奈美にはこの上なく魅力的に見えた。あきらめかけていた女優への夢を思い出させてくれたのも、彼だった。

だがそのうち、豊の会社が立ちゆかなくなった。資金繰りがうまくいかなくなったのだ。

奈美は、彼の会社を救うため、そして二人のこれからの幸せのために、ある計画を立てた。

単純なことだ。寛雄を殺して保険金をもらう。そのお金で彼は会社を立て直し、自分は自由の身になる。

そのために、あたしは——。

突然電話が鳴った。

家の電話ではない。携帯電話の音だ。

「何？ 何の音だ？」

彼が驚いたような声をあげた。

「わかんない……。携帯が鳴ってるの」

「誰の？ お前、携帯でかけてるんだろ？ まさか……橋場の？」

「違うわ。警察が持ってったはずだもの」

「じゃあ、何なんだよ」

着メロではないが、呼び出し音とは思えないくらい軽やかな音だ。寛雄の携帯ではない。

もしかして、電話でもないのかも。

奈美は息を詰めて待った。しばらくすればやむだろうと踏んだのだ。

けれど、一向に切れる気配はない。

「ごめん、あとでまたかけるから」

奈美は電話を切ると、音の鳴る方へ耳をすませた。

音は、ソファーの下からだった。手を突っ込んでみると、シルバーグレーの小さな携帯電話がぴるぴると鳴き続けていた。こんな携帯、見憶えない。

どうしようか、と迷ったあげく、彼女は通話のスイッチを押した。

「もしもし……？」

「あっ、すみません。あなたはどなたですか？」

すっとんきょうな質問に、呆然《ぼうぜん》となる。

「ごめんなさい、実は携帯を落としまして……」

この声、憶えがある。あわてて、恐縮もしているが、割と渋い中年男の声――まさか
……

「さっきのぬいぐるみ？」

ふいに気が遠くなる。何だろう……どうして？

「橋場さんですか？」

バレた、と一瞬思ったが、もうどうすることもできなかった。

自分がこんなに気絶しやすい人間だったとは思わなかった。一日の間に二回も倒れた。その前に倒れたのは、小学校の朝礼の時だ。

「橋場さーん……!」

ものすごく遠くから誰かの声が聞こえる。

奈美は身体を起こした。誰かが玄関の向こうから叫んでいる。早く出なくちゃ。近所の人から文句が――もうそんな段階ではない騒ぎをとうに起こしてはいるが。

「今、開けます」

そう声をかけてから、ドアを開けた。

誰もいない。いやな予感がする。

下に視線を移すと、さっきまで夢だと思っていたぬいぐるみの黒ビーズが、奈美を見上げていた。その顔に、妙なしわが浮かぶ。

「大丈夫ですか?」

ぬいぐるみの心配そうな声が響く。

「さっき、電話中に急に声が途切れたので、あわてて来てみたんですが」

手にまだ携帯を持っていた。切れていない。無言で携帯をぬいぐるみに差し出すと、ちょっと耳に当てる仕草をしてから、ぱたん、とフラップを閉じた。

「一番軽くて小さいものにしたら、落っこちてもわからなくて。すみません、お手数おかけしました」

そう言って、ぺこりと頭を下げる。奈美にとっては掌《てのひら》におさまるほどの繊細なサイズでも、彼が持つとビート板を抱えているように見える。それを軽くて小さいと言うなんて……何て変なんだろう。

ぬいぐるみは、背中のリュックをおろし、中に携帯電話を入れている。けっこう中身が詰まっていた。薄い文庫本とメモ帳などが見える。ひっくりかえるんじゃなかろうか。だいたい歩けるっていうのが妙だ。いや、それよりも何よりも――

「刑事さん、なんですよね？」

「そうですよ」

上をきゅっと見上げて、間髪《かんはつ》入れずの返答。リュックをさっと背負い直す。そのまま後ろに弾《はじ》け飛んでいきそうに見えた。

「さっき、あたしに質問をしていた刑事さんは？」

「島のことですか？」

「そう。そういう名前だった」

「彼がこの件の責任者ですね」

「あなたは何？」

「私は彼の部下というわけではないんですが、今回は補佐みたいなものです。けっこう何でも屋みたいなところがあるもんで」

警察には、そういう人もいるんだ——とぼんやり思う。いや、人ではないのだが。ぬいぐるみだからなのかな。

「何度も倒れられてるみたいですね」

その質問に、奈美は我に返る。

「病院に行かれた方がよくありませんか？　お送りしますよ」

「いえ、大丈夫です」

あわてて首を振る。

「どなたか家にいらしていただいた方がいいんじゃないでしょうか。ご実家にはご連絡は？」

「あ、してあります」

「そりゃよかった。本当に病院は行かれなくて大丈夫ですか？　私の運転が不安ならば、若い者も下におりますから、それに送らせます」

何だろう。どうしてこんなにしつこくここから離れろなんて言うの？　一人で大丈夫だって言ってるのに。この部屋を空《から》っぽにして、何をしようとしているの？　あたしがいない間に……。

見上げるビーズの目からは、何の表情も読みとれない。心配そうな顔をしているように見えるが、しょせんぬいぐるみだ。そんな顔をしているぬいぐるみなんて、いくらでもいる。結局このぬいぐるみは、人をいつも心配そうにしか見ていないじゃないか。それは単にそういう顔をしているだけのことだ。

「本当に大丈夫ですから――」

きっぱり断ろうと口を開けた瞬間、電話が鳴った。上着のポケットの中から――携帯が。いやな汗が出る。豊からに違いない。

「じゃあ、お暇《いとま》します」

ぬいぐるみは、またお辞儀をした。顔を上げた時の表情は、今までとは少し違っているように見えた。

「電話、どうぞ出てください。さっきから、何度かかってたみたいですよ」

固まる奈美をそのままに、ぬいぐるみの刑事はマンションの廊下を足音もなく走り去っていった。彼女は、ポケットの中で携帯の電源を切った。

3

時《とき》田《た》純子《じゅんこ》は、ずっと緊張していた。身体のすみずみまではりつめているようだった。

これがいつまで続くのか……。あまりに長いようでは、身体を壊してしまうかもしれない。まだたった一日なのに——一日だから、なのか。明日になれば、明後日になれば少しずつ薄れ、いつかは忘れることができるのだろうか。

それも何だか怖かった。

忙しさに紛《まぎ》れるかと思ったが、そんなこともない。昨日、結局確認をとることができず、眠れなかったから、余計に参っていた。

「時田さん」

廊下で声をかけられた。身体が震えるのを感じる。宮乃《みやの》だ。

「今日の午後、少し時間とってくれませんか」

まだ若い研修医の宮乃は、少し落ち込んだ声でそう言った。年齢はほとんど変わらないが、現場では看護師の純子の方が先輩だ。

「はい……大丈夫だと思いますけど、何ですか？」

「あの……橋場さん、憶えてます？」

努めて落ち着いた声を出そうと、純子は努力をする。

「ええ、憶えてます。肺、でしたよね？」

「うん。彼がね、昨日亡くなったらしいんです」

「そうなんですか？」

驚いたふりをしなければならなかったが、そう思えば思うほど、自分の声が白々しく感じられる。けれど、宮乃は気づいていないようだった。無理もない。彼にとって、初めての担当患者だったのだ。

「それで、ちょっと警察が話を聞きたいって言って」

予想していたこととはいえ、いざ「警察」という言葉を聞くと、ショックを受ける。それには、宮乃も気づいたようだった。

「いや、形式的なことだって言ってましたよ。関係者には一応話を聞かなくちゃならないって。死因は……自殺らしいんだけど」

宮乃にとっては、そっちの方がよほどこたえたのだろう。彼には落ち度はない。治療も手術も、適切だった。ただ、心のケアが充分ではなかった――と思う方が、後悔は大きいはずだ。

「自殺……ですか……」

純子はやっとそう言った

「うん、そうなんですよ……。とにかく、午後頼みますね」

宮乃は、がっくり落ちた背を向けると、足早に立ち去った。

純子はその後ろ姿を、いつまでも見送っていた。橋場寛雄が死んで、一番悲しんでいるのは、彼かもしれない、と思いながら。

純子は、一人遅れて応接室に入っていった。

呼ばれた時にはどうしても手が離せず、三十分ほど警察の人間を待たせてしまうことになってしまった。彼女にとって、よかったのか悪かったのか——病院関係者のいないところで話したい、という気持ちと、たくさんの人たちに紛れて手短に話を終わらせたいという気持ちがせめぎあっていた。

けれど、結果的には一人で話をするはめになってしまった。

『決められたことだけ。それだけしか話しちゃいけない』

呪文《じゅもん》のように、それればかりくり返しながら、応接室のドアをノックする。

「どうぞ」

中から声が聞こえる。純子が開けようとすると、その前にドアが開いた。

「時田純子さんですね？」

背の高い男性が立っていた。これが刑事か。さすがに大きい。ちょっとびっくりする。

「は、はい」

「どうぞお座りください」

うながされるまま、ソファーに腰掛けると、向かい側にぬいぐるみが置いてあった。小児科の忘れ物かな？　でも、どうしてこんなところに置いてあるんだろう。

純子がどかそうと手を伸ばした時、刑事がそのぬいぐるみの脇《わき》に座り込んだ。普通ならば、純子の向かいに座るべきなのに、そこにぬいぐるみがあるのが当然のように。

すると、突然ぬいぐるみが立ち上がった。

「わぁあ！」

純子は反射的に声をあげた。胸が異常にどきどきしている。過呼吸《かこきゅう》の発作が起こるかもしれない。落ち着け落ち着け。深呼吸をするのだ。

「驚かしてしまいましたか？」

そりゃ驚くさっ、と怒鳴ろうにも声が出ない。しかも、そんな言葉をかけたのが、当のぬいぐるみときたひにゃ——。

「私は春日署の山崎ぶたぶたと申します。こっちは部下の立川です」

ぬいぐるみが、耳をゆらゆら、鼻をもくもくさせてこんなことを言う。背の高い男性が、ぺこりと頭を下げる。こんなでっかいのが部下で、ぬいぐるみが上司なんて……日本の警察って……。

「どうぞ、お楽にしてください。ちょっとお話をうかがうだけですので」

気がつくと、純子はソファーの背もたれにすがりついていた。あわてて姿勢を正す。何かの冗談だろうか……。でも、こんな悪ふざけ、あまりにも悪趣味だ……。

純子が涙ぐみそうになった時、応接室のドアが突然開いた。

「あ、時田さん。よかった、来てたんですね」

宮乃が顔を出す。純子を探しに行っていたのかもしれない。

「じゃあ、刑事さん、よろしくお願いします」

彼はあわてた口調でそう言った。明らかにぬいぐるみへ向かって。そして、純子に会《え》釈《しゃく》をしてドアを閉めた。どうやら、悪ふざけではないらしい。

「すみません、では手短にお話うかがいます。お忙しいですもんね」

落ち着いた声で、ぬいぐるみは言う。そして、自分の身体の半分はあろうかというノートを広げた。持っている両手にぎゅっとしわが寄っている。彼（?）は、それにうなずきながら目を通し、立川という刑事に渡した。

「橋場寛雄さんって方は憶えてらっしゃいますか?」

「は、はい」

いきなり質問が始まった。頭が真っ白な感じだ。答えてもいいものかどうかも、よくわからなかった。

「昨日、お亡くなりになったんですが……」

「はい。それは今朝宮乃先生からお聞きしました」

けっこうするりと言葉が出てきた。

「彼が入院していた時、担当をされていたとのことですが」

「はい」

「入院中の橋場さんの様子で、何か気がつかれたことはありますか？」

「ええと……神経質な患者さんでしたけど、治療には協力的な方でした」

そう、彼は真面目な患者だった。薬の量も時間もきっちり守り、規則にも文句を言わず、すすめられたことはさっそく行うよい患者だった。妻の奈美には当たっていたが、純子や宮乃、他の医師や看護師にも努めて紳士的に接していた。

「病気に対して、ひどく気にしていた様子はありますか？」

「はあ……そうですね。気にされていたと思います。奥さんに『どうせ治らないんだろ』と怒鳴っていたのを聞いたことありますし……」

嘘《うそ》を言う必要はなかった。これを聞いているのは複数いるから、少し気が楽になってくる。実際のところ治療の上で看護師や医者を物理的に手こずらせる患者ではなかったが、いくらよい結果を提示しても、心から信用した顔は最後まで見せなかった。宮乃は、精神科の医師も紹介していたのだ。けれど、そっちには結局行かなかった。

「そうですか――」

ぬいぐるみが質問をし、純子が答え、それを立川がノートに書き込む。そのくり返しだった。夢のような時間だったが、余計なことを答える余裕はどこにもなかった。訊かれたことはおそらく、病院関係者すべてに同じなのだろう。何も考えずに答えられる質問ばかりだった。

それに、警察では橋場寛雄の死因はほぼ自殺だと断定しているような口調だった。訊かれるのは彼の様子ばかりで、決して奈美のことではない。彼自身や家族と個人的なつきあいはあるか、という質問はあったが、否定をしても特に突っ込まれなかった。病気が治らないと思い込んだ末の自殺——その裏付けをとっているようだった。

つまり、用意していた答えを言う必要はなさそうだった。何のために、あんな思いをしたのか……ふとそんなことを思う。本当なら、安心しなくてはならないのに。安心して、もう二度と思い出さないように、封印をしなければいけない。

そのあと、自分がどうなってしまうのか、純子には想像もつかなかった。

ぬいぐるみは、機械的な質問をする人形のようだった。純子はそれに対して、「はい」「いいえ」と答え、満足のいく結果が得られれば、かわいく笑って帰るだけ。そんな役目を担《にな》っているだけなんだろう。あたしは、街頭でアンケートに答えているのと変わらない。

そして、もうこれで終わり。今日はこのまま夜勤だ。明日の朝には、すっかり忘れているだろう。

「すみませんでした。わざわざお時間割《さ》いていただいて」

ぬいぐるみの声に、純子ははっとなる。

「あ、いえ……」

「のちほどご連絡するかもしれませんが、質問はもう、これで終わりです」

ぬいぐるみが、純子の顔をまっすぐ見てそう言った。黒いビーズ目に見つめられて、純子は自分がじっとりと汗をかいているのに気づいた。

「それより、あなたが私たちに何か言うことがあるんじゃないですか？」

純子は、それがぬいぐるみから発せられた質問だとは思いもしなかった。天から降ってきた、と思ったのだ。

「たとえば、橋場奈美さんのこととか」

緊張の糸が切れた。純子はソファーから床に滑り落ち、子供のように泣きじゃくり始める。だめだ。あたしは看護師なんだ。何のために看護師になりたかったか……こんなぬいぐるみを抱いていたような頃に、望み始めたんだから……！

ぬいぐるみはローテーブルの上に乗って、純子の顔をのぞきこむ。優しそうな顔をしていた。

「泣かなくても大丈夫、大丈夫――」

そう言って、涙を拭《ぬぐ》う。手先の濃いピンクの布が、みるみる黒く染まっていった。

4

奈美は、寛雄が死んでから、何度となく同じ夢を見ていた。いや、それを夢というには、あまりにもリアルだった。今までのことをくり返しているだけのようだった。

きっかけは、寛雄の入院だ。

腫瘍はごく初期のもので、手術はすぐに終わり、経過も順調だったのだが、生来丈夫で、病院に通ったこともなかった寛雄にとって、その経験がかなりショックだったらしい。入院当初から、「もう手遅れではないか」と疑《うたぐ》るようになっていた。

そんなことはまったくなかったので、奈美はそう正直に答えたのだが、一時期まったく彼は聞く耳を持たなかった。何を言っても信じない。友人や両親には隠していたので誰も知らないだろうが、奈美には毎日のように当たり散らしていた。何かにつけて、

「どうせ死ぬんだから」

と口走り、慰めも叱咤《しった》も激励も、

「お前には俺の気持ちはわからない」

のひとことで片づける。主治医の言うことも信じず、カウンセリングを紹介してもらっ

ても行こうとせず、そんなことを口にしようものなら烈火のごとく怒る。

奈美は、彼の不安をどう取り除いたらいいのか途方に暮れていた。入院したことで少し心を入れ替え、献身的に世話をしてきたつもりだったし、忙しさで豊との連絡も途切れがちだったというのに——奈美は、再び寛雄をわずらわしいと思うようになっていったのだ。

それに追い打ちをかけたのが、時田純子の存在だった。

純子は、寛雄が入院していた病院で看護師をしている。奈美よりも少し年下だが、ベテランの看護師だ。手術にも立ち会っていた。お互いにそれだけの存在だった。接点など、何もないと思っていた。

けれど、あの夜が、すべてを変えた。

手術直後のあの夜、純子は、点滴の量を間違えたのだ。輸液ポンプのダイヤルを、十倍に合わせていた。それに気づいたのは、奈美だ。寛雄が苦しみだして、彼女を呼んだ。純子は医師も同僚も呼ぶことはなく、一人で処置をした。その後も経過に影響はなく、寛雄にもおぼろな記憶しか残っていなかった。けれど、ポンプのダイヤルを純子が見た時、愕《がく》然《ぜん》とした顔をしたのを奈美は見逃さなかった。そしてそののち、素知らぬふりで直すのも。

奈美はびくりと身体を震わせて目をさました。

また同じ夢を見ていた。最後はいつも、純子が涙を浮かべて懇願するところで終わる。

ごめんなさい、お願い黙っていてください、あたし、前の病院でも同じようなことやってて……

これ以降は、暗闇に落ち込んでしまう。長い長い暗闇だ。

奈美は、誰もいない居間の床に横たわっていた。起きあがることもせず、そのままでいたかった。

通夜と葬式は、いつの間にか滞《とどこお》りなくすんだ。あまりにもあっけなくて、涙は出なかったが、放心状態でもあった。気がつくと、ぼーっと脱力して座っていることがままあり、両親を心配させた。本当に意識が飛んでいて、いったい何を考えて座っていたのか、まったく思い出せなかった。何も考えていなかったとは思うのだが。

寛雄の父親からは、こんなことを言われた。

「病気でノイローゼ気味っていうのは、薄々気づいてたから……奈美さんにも苦労かけたね」

寝込んでしまった義母からは、のちに責められることだろう。しかし義父は、そんなことをしょんぼりと語っただけだった。

警察からは「事件性はありません」との連絡が入っていた。つまり、自殺と断定されたのだ。これですぐにでも保険金の請求ができる。早くしなくちゃ、豊が待っている。

そう思っても、なかなかそんな気力が出てこなかった。

この身体の重さは何だろう。罪悪感なのか？　きっとそうなんだろう。けれど、そんなふうに人ごとみたいに思うことが、よくわからなかった。いや、だからこそか。これは、報《むく》いなのかもしれない。感情らしいものが自分の中に見つからず、何もかもすべて黒い靄《もや》がかかっているようだった。

母が家にいてくれたので、数日寝たり起きたりの生活をしていた。実家に帰ってこい、と両親には言われたが、ドラマの話が具体的になってきたこともあるし、豊や純子のことが気になるので、離れることができなかった。といっても、こっちから二人には連絡していなかったのだが。

そんな奈美は、誰から見ても、夫を失ったショックから立ち直れない女だろう。演じているつもりはなくても、できていた。もっと必死にならなければ、できないのかと思っていたのに。

それとも、それだけなりきっている、ということ？

――買い物にでも行ってこようか。母は、実家に荷物を取りに行っていて、夜まで帰ってこないはずだ。少しは外にも出ないと、しなくてはいけないこともそのままにしてしまいそうだった。

スーパーで目につく食材を無意識にカゴに入れ、いくら払ったのかもわからず、家路につく。これで料理など、できるのだろうか。何も考えずに買ったから――。

「こんにちは」

静かな挨拶《あいさつ》に振り向くと、誰もいなかった。

はっと思って視線を落とすと、案の定、あのぬいぐるみが立っている。一瞬緊張したが、長くは続かなかった。何だかすぐに疲れてしまう。

「お線香をあげさせてもらおうと思ってたんです」

ととと、と近寄ってきて、そう言った。

「主人にですか？」

「ええ。お通夜とかの時に行くと、騒ぎになってしまうこともあるんで、こんな失礼な時期になってしまうんですが」

葬式の時に彼がやってきたらどうなるか——と想像してみた。大騒ぎになるかもしれないが、もしかして誰も見向きもしないかもしれない。葬式の時には、いろいろ不思議なことが起こるものだ。ぬいぐるみが焼香してたって、ありえること——多分。でも、奈美の母はつまみ出してしまうかもしれない。

「お仕事ですか？」

「いいえ。今日はもう終わりました」

にこっと笑った気がしたが、そんなバカな、と思う。

「じゃあ、どうぞ」

奈美は彼を自宅に招き入れた。

ぬいぐるみは仏壇の前で手を合わせ、首を垂れた。奈美はその後ろ姿を、息を詰めて見守った。振り向いたぬいぐるみは、奈美の顔をじっと見て、

「だいぶ顔色がよくなったようで、よかったですね」

と言った。意外に思う。だいぶやせてしまったし、食欲もまだない。

「よくなりましたか？」

「ええ、最初にお会いした時が、一番ひどい顔色をしてらした」

「最初に会った時……？」

「ああ、いやなことを思い出させてしまいますね。ごめんなさい」

奈美の怪訝《けげん》な顔に、ぬいぐるみはあわてたように濃いピンクの手の先を顔の前で振った。けれど、彼女が怪訝な顔をしたのはそんなことではなく……最初にこのぬいぐるみに会った、ということは憶えている。そして、倒れたということもわかっている。問題はその前だ。断片的な記憶しかなかった。今、自分は、一日に何時間も寝ているのだが、その間は眠っているというより、記憶が途切れているように思えるのだ。それにそっくりだった。確かに起きていたはずなのに、ところどころ眠っていたように記憶が失われている。

どうしてそんなこと、突然気がついたのか……それもわからない。

「いえ……いいんです」

いた。

「ご主人、お気の毒でした」

ぬいぐるみは正座をしていた。というよりも、足をむりやり折り畳んでつぶして座っていた。

「病気でしたから……」

「主治医の宮乃先生も、ショックを受けてらしたようですね」

若い学生のような主治医の顔が思い浮かんだ。確かまだ研修医のはずだ。情熱と使命を持っていて、患者に人気があった。

そういえば、純子はどうしているだろう。ちゃんと出勤をしているのだろうか。そうでないと困る。素知らぬ顔で、毎日を過ごしていてもらわなければ――。

「時田純子さんが、よろしくと言ってました」

ぬいぐるみの口から、意外な名前が出て、奈美は身を硬くする。盗み見るように彼の顔をうかがうと、何の表情も浮かべていないように見える。こんな時は何て言えばいいんだろう。よく考えなくては……！

「あ、ありがとうございます」

ごく普通に、さらっと流してみせた。うまく言えただろうか。でもこんな時に……どうして純子の名前を……。

ぬいぐるみは、いきなりぺこりと正座をしたまま頭を下げた。

「どうもお邪魔しました」

「いえ……こちらこそ、何もお構いしませんで……」

どうしてぬいぐるみにお茶を振る舞わなければならぬ、という心境ではあるのだが。ぬいぐるみはリュックを肩にかけ、「よっこらしょ」と立ち上がった。今日も重そうだ。

「それじゃ失礼します」

「は、はい……」

玄関までは送った。ドアの前で彼は、リュックとともに前に倒れるくらいのお辞儀をして、エレベーターの前ではジャンプをしてボタンを押していた。

エレベーターの扉が閉まるまで見送り、奈美は家の中に走り込んだ。携帯電話の電源を入れる。あの夜、切ったままにしたものだ。何日ぶりに電源を入れたのだろうか。

純子に電話をする。呼び出し音が何度も鳴り続けるが、出る気配がなかった。切ろうと思った時に、ようやく声が響く。

「……はい」

怯《おび》えたような声だった。奈美だとわかっていたのだろうか。多分、そうなんだろう。とっさに言ってしまう。

「何で出ないの？」

純子の小動物のような瞳《ひとみ》が頭に浮かんだ。さながらペットショップのハムスターのような目だ。ごめんなさいごめんなさい、あたしの居場所を奪わないで、お願いだから――ガラス越しに、そんなことを連呼する小さなねずみ。

純子が、受話器の向こうで息をのむのが聞こえた。

「わかってたんでしょ？　あたしだって」

どうして彼女には、こんな尊大な態度をとってしまうんだろう。

「はい……」

消え入りそうな声が聞こえた。

「訊きたいことがあるの」

単刀直入に言った。

「ぬいぐるみの刑事と話をした？」

「あ……はい。病院に来たから」

「いつ？」

「……旦那さんが亡くなった次の日に」

「どうしてあなたと話をしたの？」

それがまるで彼女の落ち度のように問う。

「病棟の人には、全員話を聞いていきました」

「何をしゃべったの？」

純子は沈黙したままだ。

「あたしが、夫を殺したなんて、言ってないでしょうね」

それでも黙っている。奈美の不安が募《つの》る。

「何で黙ってるの?」

「殺したんですか?」

意外な質問に、奈美はひるむ。

「ほんとに殺したの?」

「殺したわよ」

「どうやって?」

「ベランダから突き落としたのよ!」

思ったよりも大きな声が出て、奈美は自分の身体をなだめるように抱きしめた。

「橋場さん、聞いて……」

「何よ、あんたしゃべったわね」

「違うんです、橋場さん。あたしの言うこと聞いて――」

「あんたがクビになるの、黙っててあげたのに!」

「それは悪いと思うけど……でも、それを利用したあなたは――」

奈美は電話を切った。直後に電話がかかってくる。純子かと思い、電源を切ろうと思ったが、着信番号は豊のものだった。

5

次の日、奈美は久しぶりに豊に会った。いつの間にか寛雄が死んでから、一ヶ月近くたっていた。

それでも豊に会うのは早いと思う。シナリオどおりなら、まだずっと先だ。しかし、昨日の電話で、豊は本当に切羽詰まった声を出していた。「とにかく会いたい」――そればかりをくり返し、ついに奈美は根負《こんま》けしたのだ。

行ったことのない新しいビルの中のしゃれたカフェで、奈美と豊は向かい合っていた。しばらく黙ったままだったが、やがて彼は言う。

「わかってるだろう?」

無理に笑おうとしているようだった。

「わかってるって?」

奈美は知らず知らずため息をつく。そんなこと、演ずるつもりはなかった。あたしたちは、幸福な恋人同士のはずなのに――。

「まだ……請求しないのか?」

「保険金を」とは言えないらしい。

「じきにするわよ」

そうとしか返事ができなかった。そりゃいつかはするだろう。いや、こちらから延ばすわけにはいかないのだ。

「じきっていつだよ」

豊の口調は性急だった。その声に、奈美は顔を上げる。

「次の支払日には」

保険の掛金が引き落とされてすぐに寛雄は死んだので、今度の支払日に保険は止まり、同時に請求手続きをすることになる――と、この間かかってきた保険会社からの電話で言われた。そういえば、何か証明書の類《たぐい》を警察でもらってこなければならないらしい。それを思い出して、どっと疲れが襲《おそ》ってくる。

「そうか」

豊が、ほっとした表情を浮かべた。そして突然、

「飯でも食うか?」

そんなことを言う。奈美はあまりに驚いて、首を縦にも横にも振れない。

「……いや、いいんだ。そんなところじゃないよな。あ、仕事はどうだ?」

彼は急に話題を変える。

「役が内定したわ」

夫が自殺したことは、ドラマの制作側には言っていなかった。彼らには関係のないことだ。奈美は、大きくはないが、事件の重要な鍵を握る役にほぼ決まっていた。今の心境が役に生かせそう——と時折感じずにはいられない。

「そうか。よかったな。絶対見るよ」

顔は笑っていたが、声に力がなかった。

「それじゃ……呼び出して悪かったな」

豊はそう言うと、あたふたと立ち上がる。

「帰ってゆっくり休め。また連絡する」

ひきとめる間もなく、伝票を持って店から出ていってしまった。

奈美は、ぽかんとその後ろ姿を見送ってしまう。追いかけようとした時には、遅すぎた。取り残された気分だった。無性に淋《さび》しく、涙が出た。

あたしと豊は、何か決定的に変わってしまったようだった。寛雄が死ぬ前と同じでは、もうない。それだけはよくわかった。

元に戻ることは可能だろうか。ぼんやりとアイスティーの氷が溶けるのを眺めながら、奈美は考える。

彼のあの性急さは、すべてにたいして切羽詰まっているからだ。会社は苦しく、今日だって金策の合間に奈美と会ったのだろう。何もかもに余裕など、あるわけがない。友だちが自殺しようと、その妻を前にしようと。彼自身、明日にも自ら命を絶つ危険があるから。

奈美は立ち上がった。警察に行かなくちゃ。

昨日、結局純子からの電話はなかったが、もう警察から「自殺だ」と連絡が来ている。彼女も自分がかわいいだろう。しゃべったらそんな連絡は来るはずがない。警察ですんなり書類がもらえるかどうかで、それはわかる。

そして、約束どおり保険金を豊にあげることができたら、あたしたちはまた前のように、笑うこともできるかもしれない。

6

警察署の内部に入るのは初めてだった。運転免許の更新は別の警察署で行うから、この建物は他の大多数のビルと同様、関係ないところだと思っていた。

一歩足を踏み入れると、身体が震えた。受付のにこやかな女性ですら、こっちの気持ちを見透かしているようで――。

「あの……」

「はい、どうされました？」

何とか説明をすると、彼女は担当の部署に案内してくれた。係の人も、みんな親切だった。こんなふうになる前から警察って怖いところだと何となく思っていたから、本当だったら見直すところだろう。けれど、そんなふうにはもう、思うことはできない。誰も彼もが、自分を見つめているように思えるからだ。本当はそんなことないとわかっている。この中にいる誰も、奈美を疑ってなんかいないはずなのだ。でも……でも、お願いだから、あたしをそんな目で見ないで。

書類はすんなり発行された。すぐに警察署から出ようとしたが、何だかめまいがして、廊下の端にあった長椅子《ながいす》に倒れ込んだ。気をつけないと、また倒れそうだ。

「はい、どうぞ」

突然、おでこがひやっとする。

「うわあっ」

目を開けると、黒い点目がアップでのぞきこんでいた。ぶたぶたが、缶ジュースを奈美のおでこにくっつけている。

「大丈夫ですか？」

「何するんですかっ」

大丈夫と訊きながら、なぜそんなことをするのだっ。

「どうぞ飲んでください。どっちがいいですか？」

ぶたぶたはポカリスエットと百%オレンジジュースを差し出していた。それを見たら、突然自分の喉がとても渇いていることに気づいた。

「——じゃあ、オレンジジュース」

「はい」

ぶたぶたは奈美にジュースを渡すと、隣に座り込んだ。器用にプルトップを開けて、ぐびぐびと喉を鳴らしてポカリスエットを飲む。奈美はあっけにとられてそれを見つめた。お腹《なか》の中はどうなっているのだろうか。濡れたりもしないし、水たまりができるわけでもない。どこか別の世界にでも通じているのだろうか……?

「どうしました? やっぱりこっちの方がよかったですか?」

あわてて首を振る。驚きを隠すために、ジュースをごくりと飲み下した。

ぶたぶたはすでに飲み終わり、缶をゴミ箱に捨てている。他には誰もいず、人がやってくる気配もなかった。ぶたぶたと二人っきりだ。早く帰らなくては。しかし、焦《あせ》れば焦るほど、ジュースが喉を通らなくなる。

「忙しいんですか?」

沈黙に耐えられず、奈美はついたずねてしまう。

「ああ、そうですねえ。けっこう忙しいですよ。もうすぐ取締強化月間ですから——って僕はそんなに関係ないんですけど」

その取締りっていうのは、スピード違反とか、そういうものじゃないだろうか。

「関係ないって？」

「僕、ほんとは盗犯の方なんです。泥棒ですね」

「そうなんですか」

それでもあんまりピンと来ないが。

「それはそうと、この間、あなたがお仕事された雑誌、見ましたよ」

「あ、そうなんですか？」

通販のカタログか何かだったろうか……。

「あれは十代の頃ですか？」

ところが、ぶたぶたが出した誌名は、結婚前に専属だったファッション雑誌だった。どうしてそんなものを……どこから探し出したのか。

「ドラマにもお出になるそうで」

……調べられている。どうして？　まさか、豊のことも……。

「いかがですか？　落ち着きましたか？」

「はい？」

突然訊かれて、奈美は大きな声を出してしまう。

「あ、はあ……」

「あんな言葉を残して亡くなってしまうなんて……つらかったでしょうね」

「……あんな言葉？」

「『これからずっとお前を苦しめるのはいやだ』」

ぶたぶたは、こちらにまっすぐ顔を向けて、そう言い放った。無表情な点目が、奈美を射抜《いぬ》くようだった。

「旦那さんは、いったいどんな気持ちであれをお書きになったんでしょう？」

頭が真っ白になった。そんなの知らない。考えていなかった。いや、そんなはずはない。何度も何度もシミュレーションをしたのだ。どんな質問が来るか。それに何と答えるか。その中に、遺書のメモに関することもあったはずだ。

寛雄には、一つのクセがあった。電話をしながら、自分の言ったことをメモ用紙に書くことだ。しかも、気になる文句をいくつもいくつも。奈美は、それを利用しようとしていた。

簡単なことだ。前もって電話で寛雄と話し、病気の話題を持ち出す。それによって書かれたメモを、奈美は持っていたのだ。無造作にゴミ箱に捨てられていたものを、拾っただけ。そして、そのいかにも遺書っぽいメモを、ゴミ箱に入れておくつもりだった。

寛雄を、ベランダから突き落としたあとに。

でも……その入れておくはずだったメモは……

「これからずっとお前を苦しめるのはいやだ――って?」

……そんな文句ではなかった。違う。そんなんじゃない。

じゃあ……あのメモは、いったい誰が書いたの?

「ごめんなさい……。あたし、帰らないと」

奈美は、突然立ち上がった。ぶたぶたの鼻がぎゅーっとのびて、奈美を見上げる。

「ジュース、飲み切れませんでした、ごめんなさい」

びっくりしている彼の手に飲みかけのジュースを預けて、奈美は急いで警察署を出た。

とたんに走り出す。

すぐに息があがってくる。信号で止まった時には、動けなくなりそうだった。それでも走った。

マンションが見えてきた頃、電話が鳴った。豊からだった。

「何⁈」

「さっきは悪かったよ。ごめん。これもみんな、お前と新しい生活を始めたくて――」

豊は、何度もわびをくり返した。計画を知っているのは、豊と純子の二人だけだった。

あたしの計画を狂わせたのは、この二人のうちのどっちかだ。あたしの最高のシナリオ、あたしの最高の演技を台無しにしたのは――。

「いったい何をしたの⁈」

「えっ、どうしたんだ？」

豊の声が裏返る。

「あなたが寛雄を殺したの?!」

通行人が、ぎょっとして振り返る。

「えっ、そんな！　俺は何もしてない。殺したのは……お前だろ？」

そうだ。自分の手は汚さずに、金だけを手に入れようとした男。いくら調べられても、罪を被《かぶ》るのはあたしだけだ。

奈美は電話を道路に叩きつけた。

ようやくマンションにたどりつき、転がるように自分の部屋へ向かった。あの日使っていたバッグを引っぱり出す。底の方から、封筒が出てきた。逆さにすると、ひらりと白い紙が舞う。

そこには、

〝俺はもうだめだ〟

と何回も書かれていた。あのメモと同じ紙だ。

これならわかる。あたしは、「もっと支えてあげればよかった」と泣き崩れるのだ。でも、さっきの文句では——何と言えばいいの？

奈美は、あの日のことを思い出していた。お台場での打ち合わせのあと、待ち合わせた純子に自分のふりをさせた。同じ服を着させ、同じ髪飾りで髪を結《ゆ》って。奈美と純子の顔立ちや体型がよく似ていたからこそ、思いついた計画だ。純子に、同じレストランでずっと下を向いているように言いつけ、自分も服を着替えて家に急ぐ。頃合いを見計らって、レストランに「スカーフを忘れた」と電話をする。純子の忘れたスカーフがあるはずだ。共働きの多いマンションだから、昼間の方が人は少ないが、もし誰かに見つかったら、やめるつもりだった。だが、幸か不幸か誰にも見つからずに家に入ることができる。寛雄はもちろん家にいたが――

そこから、ふっと記憶が消えていた。そんなはずはない。寛雄は居間にいたのだ。奈美の顔を見て驚いていた。なぜ?

いや、寛雄は居間にいたんじゃない。彼は、ベランダにいたのだ。奈美は、窓を開けて、ベランダに出た。こんなふうに立っていた。あたしの顔を見て驚いて――そして……笑った。悲しそうに。

「ごめん」

そうひとこと言って、自ら手すりを飛び越えて――

「橋場さん!」

鋭い声に、奈美は目を開いた。後ろから、男の腕に羽交《はが》い締《じ》めにされる。けれど、この腕は、声の持ち主と違う。

振り向くと、ぶたぶたが立っていた。奈美をおさえているのは、立川だ。目から、ぼろぼろと涙があふれ始めた。涙をこらえようとすると、口から嗚咽《おえつ》が漏れた。いつの間にか奈美は、号泣《ごうきゅう》していた。

このぬいぐるみが、あたしの前に現れなかったら、どうなっていただろう。すべてを承知し、何のかげりもなく、ラッキーとさえ思ったまま、演技を続けたに違いない。誰にも言うつもりはなかった。純子にも豊にも。隠し通せると思っていたのだ。だって、あたしは女優だから。憧《あこが》れていた晴れ舞台だったから。誰もがあたしにだまされる、と思っていたのだ。寛雄があんな形で別れを告げても、曲げたくなかった。この方法だけが、自分を幸せにする、と思っていたから。

そんなのは嘘だ。あたしは悲しい。とてつもなく悲しかった。取り返しのつかないことをしてしまった。あたしは……世界一バカで、どうしようもない女だった。泣き叫ぶしかない女だった。

7

「ようやく帰ってきましたからね。お待たせしました」

先ほどコーヒーを出してくれたやせぎすな中年男性が、応接コーナーに顔を出した。

「すみません、お待たせしちゃって……」

そのすぐあとに、ぶたぶたが走り込んでくる。ぺこりとお辞儀をすると、ぽーんとソファーにのっかった。

「ごぶさたしてます……」

奈美も立ち上がって頭を下げた。

しばらく当たり障りのない話をしてから、おもむろに奈美は、

「新しい仕事が決まったんです」

と告げた。

奈美は、寛雄を殺《あや》めたわけではなかったが、目の前で彼が飛び降りるのを見ていながら、救急車や警察に通報しなかった。虚偽の証言もしている。その罪は償《つぐな》わなくてはならないと思っていたが、結局起訴されることはなかった。純子の証言は、お台場に奈美がいなかったことは証明できるが、家に彼女が帰っていたことを証明することはできなかったのだ。罪に問われない、とわかると、奈美は精神の均衡を崩した。ドラマの仕事などできるはずもなく、女優への夢は潰《つい》えてしまった。

寛雄の両親とは顔を合わせることができず、本当のことを話す勇気もなかった。二人はいまだ、奈美は寛雄が自殺したショックから抜け出せないと思っている。保険金は、全額そっくりそのまま、彼らに渡した。マンションも出た。しばらく実家に身を寄せたが、今

は一人暮らしができるまで、落ち着いてきた。

村上豊とはきっぱり別れた。彼の会社がどうなったかは、知らない。純子は、まだ同じ病院に勤めているらしい。もうあんな失敗はしないといいけれど。

「どんなお仕事ですか？」

「化粧品の訪問販売です」

モデルや女優のような仕事しかできない、と思い込んでいたので、どんな仕事が今の自分にできるのか、というところから考えないといけなかった。履歴書《りれきしょ》に何も書けるものがなかったが、とにかく就職情報誌をめくり、自分でアポを取り、面接に行き、突き返された何通もの履歴書に涙した。けれど、一週間前にようやく決まり、明日から研修が始まる。少しは今までやってきたことが生かせるかも、と思って選んだ仕事だった。

「子供もいないですから、一人でやり直します」

ようやく薄い笑みなら浮かべられるようになったのだ。

「いろいろご迷惑をおかけしました」

「いえいえ。僕は何も」

ぶたぶたは、濃いピンクの手先を振った。いや、そんなことは決してないのだ。奈美は、彼をまっすぐ見据える。今日はこの報告だけではなく、ぶたぶたに訊きたいことがあって来た。本当のことを話したのは、彼だけだったから。

「一つ教えてほしいんですけど――」

「はい？」

「どうして、あたしを疑わなかったんですか？　あたしに男がいたこと、すぐにわかったでしょ？」

ところが、ぶたぶたの返事は意外なものだった。

「いえ。それはわかってなかったです」

「え？」

奈美は目を見開く。

「でも、ドラマや雑誌のこと……」

「それは、時田さんからちょっと聞いただけです。署内には、あなたのこと知っている女の子が幾人かいましたよ。その子たちに雑誌を見せてもらいましたが、それ以上は何もあなたのことは調べてません。なぜかというと、旦那さんは、疑いようのない自殺だったからですよ」

争った様子もなく、手すりの新しい指紋は寛雄のものしかなかった。手すりに足をかけて飛び越えた証拠に、ベランダのサンダルのあとも残っていたのだ。そして、奈美は誰にも目撃をされていなかった。

「もし本当の遺書がなくて、あなたが使おうとしたものが残っていたら、多分疑ったと思いますけど」

「どうしてですか？」

「あのメモは、寝室にあったブロックメモです。電話しながら片手で書くには、はずさないままの方が書きやすい。でも、はずしたら支えないと書きにくいですよね？　本当の遺書は、下敷きをしたように筆圧のへこみはない。はずして、普通に両手を使って、机の上で書いたってことです。

実は、ゴミ箱の中には、いくつもの書き損じが捨ててありました。最初の何文字か書かれて、すぐに捨ててしまっていたようです。それのどれもが、筆圧のへこみはありませんでした。その上であなたの用意したものがあったら、おそらくおかしいと思う者がいたと思います。

もしその書き損じがなかったとしても、旦那さんは筆圧の強い方だったようだから、ブロックの方にそのあとが残っていて当然と思うでしょう。事前に用意していたら、それはないですからね」

ぶたぶたは、そう奈美に説明をした。計画では、ゴミ箱の中のものも調べて、始末をするつもりでいた。けれど、あの時にそんな余裕は、どこにもなかった。

「時田さんのことは……？」

「それは、あの私が携帯を忘れた夜、通話状態のまま気絶したでしょ？　その時、何度も何度もあなたの携帯が鳴ったんです。あなたはそれでも意識を戻さなかった。ついには自宅の留守電までが聞こえたんです。『純子です』と言って切れた。時田さんは、どうしてもあなたと連絡を取りたかったようですね。だから、かけるなと言われていた自宅に電話をしてしまったんです。一度だけですけど」

「あの夜の留守電は、みんな村上のだと思って、聞かずに消していたんです……」

奈美はうつむいた。

「あたし、きっと失敗してました」

「何が？」

「夫を殺すことなんか、どっちにしろできませんでした。だって、アリバイや遺書のことなんかはいろいろ考えてたのに、実際にどう殺そうかなんて考えてなかったんです。突き落とせばいいって……あんまりにも簡単に考えてた。男と女の力の違いも何も考えてないで……。ミステリーを読んでいるみたいだった。実感なんか全然なかったんです。

でも、彼を追い込むことだけはやってて……『俺はもうだめだ』なんて……どんな気持ちで書いてたのか……あたしは、それを利用することしか考えてなくて……」

どうかしていた、と言えばすむことではなかった。所詮《しょせん》、女優なんて憧れに過ぎなかった。殺人者なんか演ずるものじゃない。本当の死がないからこその演技なのだ。

「あたしは夫に助けられたけど、あたしは夫を助けられなかった。あの人はあたしに謝ったけど、あたしは謝れなかった。殺してはいないけど、どこが違うんでしょうか。あたしは、どうしたらいいんでしょう」

　ぶたぶたは、奈美の問いに何も答えてくれなかった。慰めも推測も、彼女の罪の重さをどうにかできるものではないと、わかっているようだった。もう問われない罪だからこそ、そして真実が奈美と寛雄の中にしかなかったからこそ、奈美はその重さに耐えきれず、もう一人の自分が演じたかのように振る舞おうとしたのだ。

　ぶたぶたは、辻褄《つじつま》の合わない彼女の心におろされた鉄槌《てっつい》だった。この上、彼の存在を受け止めることができなくなった彼女は、記憶を捨てたのだ。演じることより、知らない方がずっと楽だったのである。

　ぶたぶたの存在こそが、彼の答えそのものだ。知らないふりをしたって、そこには彼がいて、微笑《ほほえ》んでいる。記憶も決してなくなるわけじゃない。でも、彼の存在を信じている自分に、何とかなると思えるのはなぜだろう。こうしてここで、返事がなくても問いかけたくなるのは、どうしてなんだろう。

　うつむいていた奈美は、突然顔を上げた。

「もしかして……携帯忘れたの、わざとですか？」

　ぶたぶたは、ぶんぶん首を振った。

「そんなんじゃありませんよ。偶然です」

その偶然で、奈美は少しだけ救われた。一生背負わなければならない罪が軽くなるわけではないが、少なくとも受け止められるだけましだった。認められず、暴《あば》かれるだけの人生だったら——と思うとぞっとする。

奈美は鼻をすすりながら立ち上がった。

「もう行きます。ありがとうございました」

ぶたぶたは、じっと奈美の目を見つめていたが、やがてそっと両手を差し出した。

奈美は、その両手を握ろうとしたが、そうではないのだと突然気づく。彼女は、ぶたぶたを抱き上げた。そして抱きしめる。いや、抱きしめられたのは奈美の方だった。自分よりも、ずっと小さなぬいぐるみに、包まれている。

奈美は、小さな頃にそうしていたように、ぶたぶたの頰《ほお》でそっと涙を拭いた。

お父さんの休日／4

東京というところは、空気が悪い。

けれど、その悪い空気が遠藤義則《えんどうよしのり》をたまらない気分にさせる。澄んだ山の上の空気なんて、俺にとって糞《くそ》みたいなものだ。そうだ。毎日出す糞と何ら変わりなく、いつもあるものだ。

新しいものなら、何でも新鮮に感じる。たとえそれが悪いものでも。

もう家には帰らない。絶対に。あんなバカ親と一緒に暮らすなんてまっぴらだ。親父の口癖は「高校生はまだ未成年だから」。お袋の口癖は「お前のためなんだから」。けど、そのあとが続いたためしがない。だから、自分の小言《こごと》や奉仕を正当化できるっていうのか？　こっちがうんざりでも？　好きでやってることばかりに文句を言いやがって。嫌がることばかり期待しやがって。

昨日帰らなかったことで、今頃大騒ぎだろう。あいつら、学校に怒鳴り込んで、警察に泣きつくはずだ。いろいろ不祥事《ふしょうじ》があったから、いくらか警察も調べるだろうが、事件性がないとなったらすぐポイだろう。どうせ東京だかで遊んでるに違いないと思うのだ。それ、当たってる。そして、東京は広すぎるから、誰も真剣に家出人なんか捜したりしない。

義則は、伸び始めたひげをさすって笑みを浮かべた。田舎から持ってきた服は全部捨てて、以前から欲しかったストリートブランドの服を買い漁《あさ》った。背が高くて筋肉質だから、何を着ても似合うと店員に言われた。髪型も決まってる。以前渋谷へ遊びに行った時友だちになった美容師の女の子に、今朝カットしてもらったのだ。染めてもくれた。目に染《し》みるような赤だ。田舎でこんな色をしていたら、周囲の大人が黙っていない。学校が許してくれるのは茶髪までだし、家の方には親戚《しんせき》から何から押し掛けてくる。そして、俺には何も言わず、親にくどくど説教をするのだ。その顔のうれしそうなこと。息子が髪染めたぐらいでそこんちは不幸だと思えるなんて、おめでたい奴らだ。

しばらく美容師の女の子の家にやっかいになることができそうなので、持ち出した金がなくなるまでは遊ぼう。なくなったらバイトすればいい。金ができたらまた遊ぶ。なくなったらバイト。そのくり返し。簡単なものだ。親父が一番嫌がる生き方をしてやる。同級生でも、そういうのを「だらしない」と軽蔑《けいべつ》している奴がいるが、ケンジッに生きて何の得がある。俺はかっこよく生きたい。就く職業は、ダンスや音楽関係と決めているし、それ以外の妥協は絶対にない。誰に対しても何に対しても、自分のスタイルを崩したくない。そういうのは今のうちに確立するものなのだ。それを親は、周囲の大人はことごとくつぶそうとする。

「いつまでもそんなふうにはいられないんだよ。将来を考えなさい」

と言うけど、そんなふうにいられないとわかったら、死んでしまえばすむことだ。

妙な高揚感を抱えたまま、義則は山手線《やまのてせん》のホームに立っていた。とりあえず今日は、これも渋谷で友だちになったルイって名前の女子高生と待ち合わせだ。メールを入れておいたら、「今夜遊ぼう」と返事が入ってきた。飯をおごってもらって、それから彼女の友だち何人かとドライブだ。言っちゃなんだが、けっこうもてる。田舎でも騒がれたが、やはり東京の女の子は違う。なぜかみんな金を持っていて、気前がいい。

雨が降ってきたせいで、毛先がくるくるしているのが気になって仕方がない。ホームの鏡の前で何度も整えるが、うまくいかず、いらいらしてきた。タバコに火をつけると、ベンチに座っていた中年女がわざとらしく咳《せき》をする。こんな吹きさらしのホームなんだから、別に吸ってもいいじゃんか。

義則がぎろりとにらみつけると、女は立ち上がってどこかへ行ってしまった。東京の人間は怖がりだ。無理もない。下手に口を出して殺されることもあるから。俺はやらないけど。ナイフ持ってないし。持ってたら、わかんないけど。

「ごめーん、遅くなってー」

高校の制服のままでルイがやってくる。大きな目とチェックのミニスカートから伸びる足がまぶしい。

「おせーよ。腹減った」

「ごめんごめん。友だちの店行けば、何でもおごってくれるからあ」

喫茶店をやっているその友だちが、車も出してくれるという。

電車がホームに入ってくる。義則は線路にタバコを投げ捨てた。

まとわりつくルイを腕にぶらさげたまま、すいた車両に乗り込む。はしゃぐルイの声に一斉に視線は集まったが、義則が車内を見渡すと、今度は一斉に目をふせた。危ない雰囲気を持ちたい、とかねがね思っているし、女の子の前なので気分がすこぶるいい。

ところが、あいていると思った席にどすんと勢いよく座ると、

「うわあっ」

と思わず声が出る。別の意味で注目を浴びてしまって、義則は焦《あせ》った。

「どうしたの？」

隣に座ったルイがたずねる。

「いや、なんか……ぐにゅってものが……」

自分の尻《しり》の下にあるものをよく見ようと、後ろを振り返ると――ぶたのぬいぐるみの黒い点目《てんめ》と目が合った。

「苦しいんだけど」

長い鼻がもくもくっと動き、怒った男の声が聞こえた。

「どきなさい」

「ぎゃあああっ!!」

車両どころか、ホームにも響き渡る声で、義則は叫んだ。そしてすぐに立ち上がったが、足がもつれて、そのまま電車の床にべべん！　とうつぶせに倒れ込んでしまう。おでこと膝《ひざ》をしこたま打つ。

駅員が駆け込んできた。

「どうしたんですか?!　お客さん！」

義則は駅員に助け起こされる。

「いやあの……あのあの……」

出てくるのは「あの」ばかりで、言葉にもならない。ようやく座席に座っているぬいぐるみを指さした。何と、ピンクな上に黄色いマントを着ている！　しかも、まだ怒っている。腕組みをして、眉間《みけん》じゃなくて目間にしわを寄せて――！

「ぬいぐるみ、あなたのなの?!」

違う違う！　そうじゃなくて――！　と必死に首を振るが、声が出ない。出てくるのは、「あうあうあう」という意味不明なうめきだけだった。周囲の乗客が、くすくす笑っているのが聞こえた。かあっと顔が赤くなるのを感じた。

「お客さまにお知らせします。ただいま、当駅にて病人が発生しました模様ですので、発車を遅らせております。お急ぎのところ、大変ご迷惑をおかけしております」

病人って——そんなっ。しかし、アナウンスが流れた瞬間、ルイが立ち上がった。

「だっさい」

彼女はそうひとことつぶやいて、さっさとホームに降りていってしまった。

「とにかく、医務室に行こうね。ね？　立てる？　担架いる？」

他にも二人駅員がやってきて、まるで子供のように呼びかけられて、ようやく義則は立ち上がった。

義則が降りると、待ってましたとばかりに電車の扉が閉まり、ゆっくりと動き出した。今まで乗っていた車両のお客が、腹を抱えて笑っているように見えた。しかも、あのぬいぐるみが——

「ああっ！　ほらっ、ぬいぐるみが手を振ってる！　振ってるよ、おい！」

駅員を振り切ってホームを走ったが、たちまち追いつかれて羽交《はが》い締《じ》めにされる。

「はいはい、医務室行こう。大丈夫だからね。君は高校生？　お父さんかお母さんに来てもらった方がいいなあ」

しか言われず、義則は結局、駅の医務室にひきずられるようにして連れていかれた。おでこにみるみる巨大なたんこぶができ、膝にも青あざができていて、歩くと痛い。駅員は、親切に手当をしてくれる。

ところが、そのまま帰ろうとしても、何を誤解しているのか放してもらえず、家の電話番号を言うよう説得された。いつもなら無視でも何でもできるが、駅員があんまり心配そうなのと、気の動転もあり、いつの間にか教えてしまっていた。

電話口で父親に怒鳴られる。一瞬ほっとしたのには、びっくりした。

「お前みたいな子供が、東京でなんか暮らしていけるわけないだろ?!」

そのとおりかも、と義則はちょっと思う。ぬいぐるみにまで怒られたなんて……誰にも言えない。あまりにかっこ悪くて。東京って、別の意味ですごい、とも思った。

東京駅が、きれいになってる。

渡辺仁美《わたなべひとみ》は、そう心の中でつぶやいた。どのくらい長い間、東京駅に来なかったのかがわかる。東海道新幹線の改札前で、ぐるりと見渡した。銀の鈴の待ち合わせ場所ってどこだろう。公衆電話がすごく減ってる。こんなところに本屋やレストランがいっぱいできて——だいたい、上越や東北新幹線にも乗ったことがない。

あたしが家に閉じこもっている間、世の中はどんどんきれいになってく。そのかわり、あたしは年老いていくんだわ。

——そうならないために、君をどこかへ連れていきたい

そんな言葉を思い出して、仁美の胸はとくんと波打つ。そう、あたしはまだまだきれいなんだから。それをわかっていない男と暮らしていくことが、間違いなんだ。

仁美は、送ってもらったチケットと発車の時刻表を見比べる。

確かに存在するその便を見つけて、仁美の手は震える。京都までのチケットだ。一人で新幹線に乗るのも、内緒で旅行をするのも初めてだった。しかも……いわゆる不倫旅行という奴だ。仁美は、顔が変ににやけるのを感じて、あわてて表情をひきしめた。

「のぞみ……一七時二八分発……」

京都で待っているのは、結婚前に勤めていた会社の上司・青池《あおいけ》だ。三月に、退職してからもつきあっていた友人の結婚式があり、そこで久しぶりに元の同僚や上司と顔を合わせた。たった一年しか勤めていなかったし、あまり話したこともなかったのに、青池は仁美のことをよく憶《おぼ》えていてくれた。昔憧《あこが》れていた気持ちが、七年たっても変わらず残っていることに、仁美は驚いた。

それ以降、彼に食事に誘われるようになった。たいていはランチだったが、次第に適当な口実を作って夜会うようにもなった。酔った勢いでキスまでは許した。さっき思い出した言葉を言われた夜に、だ。

今夜はついに、一線を越えてしまうかもしれない。

そう考えると、仁美の顔は熱くなる。夫とそんな雰囲気《ふんいき》を持てなくなって、どれくらいたつだろう。子供が大きくなるにつれて、離れて眠ることが多くなった。そんなこともあり、仁美は突然の旅行の誘いに、ついうなずいてしまったのだ。

青池は、昨日から京都で仕事をしている。よくある手だが、その出張は今日で終わりだ。今夜と明日、場合によってはあさってまで一緒にいられる、と言われている。仁美の方は、夫に「友だちと京都に行く」と言ってある。実は彼女も、仁美と同じ立場だった。この旅は、彼女とのスケジュールがうまく合ったからこそ、決心のついたものだ。二人で口裏を合わせて、秘密も守れる。これ以降、こんなチャンスには恵まれないだろう。

今頃、友だちはもう彼と一緒に新幹線の中のはずだ。仁美は一人で乗らなければならない。それが少し残念だった。

発車時刻まで、まだだいぶ時間がある。仁美はレストラン街に足を向け、セルフサービスのコーヒーショップに入った。夕方だからか、店の中はほぼ満員だ。カウンターしか空《あ》いていない。仁美は、コーヒーを持って座りづらいスツールに腰をかけた。

隣のスツールに、ぶたのぬいぐるみが置いてあった。席をとっているのだろう。ちょっと煤《すす》けた桜色で、右耳がそっくり返っている。背中に背負うものかな？

娘のテディベアリュックを思い出して、ちょっと胸がざわつく。今頃、お隣でおとなしく遊んでいるだろうか。夫は約束どおり、八時までに帰ってきてくれるだろうか。明日の朝、ちゃんと起きて学校へ行けるだろうか——。

仁美は、頭を振った。何をここまで来て、そんなこと考えているの？　だったら最初からやめればいいじゃない。これはご褒美《ほうび》よ。毎日毎日、一人で誰からもほめられない仕事を積み重ねたことへの。誰も贈ってくれないから、自分で用意したの。自分で買うダイヤモンドと、そんな変わりはないはず。今夜だけで、きっと終わりだから——だから……。

しかし、それは今夜が終わってみなければ、わからない。そう思う自分も、確かに存在していた。

「はあーっ……」

知らず知らずにため息とともに声が出ていて、あわてて口をおさえる。その時、隣のぬいぐるみが、ぴくっと動いた気がした。うさぎのように、耳がぴくっと……。

じっとぬいぐるみを観察するが——気のせいだろうか、微動だにしない。

コーヒーを口に運んだ。値段の割には香りがいい。味もなかなかだ。こんなにのんびりとコーヒーを、しかも一人で飲んだのなんて久しぶり。東京駅でこんなおいしいコーヒーを飲んだことくらいは、夫に言ってもいいだろうか。

気分のいいまま、何気なく視線を隣に移すと——ぬいぐるみが、椅子《いす》の上に立ち上がっていた。立ち上がって、コーヒーを飲んでいた。白いカップを両手で持って、ごくごくと飲み干している。

コーヒーカップを落としそうになり、あわてて受け皿に戻す。白い皿に少しこぼれた。

ぬいぐるみはコーヒーを飲み終えると、テーブル下の荷物置き場から黄色いリュックと黄色い布を取りだした。大きな携帯電話——彼にとっては——を取りだして、何やら液晶を確認し、頭の上にコーヒーカップを乗せると、そのままスツールから飛び降りた。そして他のお客さんの目に留《と》まるすきもなく、店員にカップを渡すと、ぬいぐるみは店から出ていった。

店の出入り口から視線をひきはがすようにして元に戻し、何もなかったかのようにコーヒーを口に含んだ。味が変わったように思えた。人間、ショックを受けると一時的に感覚が薄れるというが……本当なんだろうか。

突然、携帯電話が鳴りだして、仁美はさっきのぬいぐるみのようにびくりと驚いてしまう。あっ、さっきもしかしたら寝ていたのかも、と突然ひらめく。

「はい、もしもし」

「僕です」

青池の声だった。急に胸がどきどきしてくる。

「今どこ？」

「もう東京駅よ」

「そうか、もうすぐ新幹線出るだろう？」

「ええ。五時半くらいに」

「駅に迎えに行くから。何号車？」

「一二号車」

「わかった。今夜、何食べたい？」

「おまかせします」

青池は楽しそうに笑った。

「じゃあ、考えとくよ。楽しみにしてて」

電話は切れた。青池との食事は楽しい。値段についてはわからないが、雰囲気と味はいつも最高なのだ。酒のセンスもいい。つい飲みすぎて、酔わされてしまう。

仁美は時計を見た。もう五時一五分だった。乗り遅れたら大変だ。もうホームへ行っていよう。

立ち上がろうとした時、隣のスツールの上で何かが光った。視線を落としてよく見ると——鍵《かぎ》だ。手作りらしいマスコットのついたキーホルダーだった。

さっきのぬいぐるみが忘れていったの？　リュックからこぼれた？　座る前からあったら、気づいていたはず。少なくとも、椅子の上に置きっ放しにはしないだろう。

店の人に預けようかと思ったが、ここでコーヒーを飲んでいたということは、仁美のように新幹線に乗ろうとしていたのかもしれない。小さなリュックしか持っていなかったが、だいたいぬいぐるみが大きな荷物を持つってことに無理があって……いや、鍵を持ってるっていうのも変で……しかもこれ……一緒についているのは、車の鍵じゃないだろうか。

とにかく、仁美はぬいぐるみを追いかけることに決めたのだった。というか、新幹線の改札で、ちょっと訊《き》いてみて、誰も憶えてなかったら店に預けようと思ったのだ。それくらいの時間はある。とにかく鍵だし、誰が落としたって必要な時に気づけばものすごく困るものだ。ホームで見つからなければ、事情を話して駅員に託せばいい。

仁美は店を出ると、そこから近い方の東北・上越新幹線の改札に向かった。改札の前には、女性の駅員が立っていて、

「乗車券と特急券を重ねて自動改札にお入れください！」

とずっとアナウンスしている。これは、東海道新幹線の方でも同じだ。この女性に訊けば、ここを通ったか一発でわかるはずだった。

しかし、いざ訊こうと思うと、なかなか言葉が出てこなかった。

「どうなさいました？」

若い駅員は、にこやかに親切そうにそうたずねてくれる。ためらっていると、自分まで乗り遅れてしまうことに仁美は気づき、勇気を出して言ってみる。

「あの……この改札をぬいぐるみが通りませんでしたか？」

「は？」

ああ、やっぱり変な顔をされた。でも、遠回しに訊く気のきいた言い方が思いつかなかったのだ。

「いいえ……そのようなものは、通りませんでしたけれども」

律儀《りちぎ》に駅員は答えてくれる。大きいぬいぐるみだと思ってもらえたかな、と思いついて、冷や汗が少し引っ込む。

逃げるようにして東海道新幹線の改札へ行く。そこの女性駅員にも同じことをたずねてみた。そしたら、

「ああ。さっきぶたのが通りましたけど」

あっさりと肯定されてしまう。「変だと思わなかったの?!」と問い詰めたい気分になったが、彼女の顔が「あたしだけじゃないのね」と言っているような気がして、そのままお礼を言い、仁美は改札に入った。

ところが、

「う……いっぱいある」

乗り慣れていないものだから、新幹線のホームがこんなにあるとは思わなかった。店に預ければよかったと後悔したが、もう遅い。「忘れ物しました！」と言えば出してもらえそうだが、もう五時二十分を過ぎている。あと八分……。

仁美が乗るはずの新幹線は、もうホームに来ていた。このホームにいなければ、駅員に預ければいいだろう。

エスカレーターでホームに上がると、湿った風が顔を打った。雨が降っている。一応、走ってホームの端から端を見てみた。いない。このホームには、あのぬいぐるみはいない。

時刻は五時二五分……。

仁美は、近くにいた駅員を呼び止めた。

「あの……改札の外にあるコーヒーショップに落ちてた鍵なんです。落とした方を追いかけてきたんですけど、わかんなくなっちゃって……こののぞみに乗らなきゃなんで、預かっていただけますか？」

「はい、いいですよ」

駅員が伸ばした手の上に鍵をのせようとした時、

「お母さーん！」

小さな女の子の声に思わず振り向く。違う声なのだけれども、どうしても――。

「お父さんだー！」

女の子はもう一度叫んだ。隣のホームにいる。女性と小学生とまだ幼稚園くらいの女の子。その小さい方の子が叫んだのだ。そして、走り出した。彼女の視線の先には、さっきのぬいぐるみが、手を振っている。なぜか、黄色い雨合羽《あまガッパ》を着て。

「お父さん……？」

そう言ったのは、駅員だった。差し出された手が、だらりと垂れている。

仁美は、走り出した。階段を駆け降り、隣のホームへ急ぐ。単純な移動ではなく、ホーム番号をあやうく間違えるところだった。ようやくホームに上がっても、階段の位置が違ったから、ぬいぐるみがいた場所の見当がつかない。アナウンスがうるさいホームを、必死に探す。まっすぐ見てもだめなのだ。足元のすきまを見なくては。

いくつもの人混みを抜けて、ようやく彼が見えた時——隣のホームの仁美が乗るはずだったのぞみが、ゆっくりと動き出した。それを横目で追いながら、仁美はその奇妙な親子（?）を見つめていた。

小さな女の子が座り込んでぬいぐるみにしがみつき（女の子の方が当然大きい）、女性と小学生の女の子がその周りに立っている。ぬいぐるみは彼女らを見上げ、何やら雨合羽をつまんでさかんに鼻をもくもく動かしていた。四人が一斉にどっと笑う。何をそんなに楽しそうに——。

ふと隣のホームに目をやると、さっきの駅員もじっとその光景を見つめていた。そんなバカなと思いながらも親子としか見えない彼らが笑うと、その駅員の口がさらにあんぐり開いた。仕事をしないで大丈夫？　あたしも、新幹線乗り損ねちゃったけど……。

女性が小さな女の子を抱き上げ、ぬいぐるみと小学生の女の子が手をつないで、歩き出した。こっちの階段に近づいてくる。仁美は鍵をぎゅっと握りしめる。

少し歩くと、小学生の女の子が女性の方に走っていく。ぬいぐるみは、雨合羽を脱ぎながらその三人の後ろをゆっくり歩いていく。

三人が仁美の前を通り過ぎる。ごく普通の母娘《おやこ》連れだった。三人とも、とてもよく似ている。女性は大きなボストンバッグを抱え、小学生の女の子はちょっと重そうなリュックを背負っていた。旅行か何かから帰ってきたところへ迎えにきたのだろうか。あのぬいぐるみが――。

仁美の前に、ぬいぐるみが通りかかる。ぬいぐるみじゃないと思えば、きっと優しい大らかなお父さんだ。ごく普通の――例えば、仁美の夫とか、青池のような……。

「あの……」

何と声をかけるか迷ったが、ちょっと声を出しただけで、ぬいぐるみはぱっと仁美の方に振り向いた。その黒ビーズの目に驚くほど表情があるのに、仁美は驚く。彼……は、首を傾《かし》げて、

「はい。何ですか?」

と言った。外見にまったく合わない声をしていた。お父さんの声だった。

「改札の外のコーヒーショップに、これを忘れませんでしたか?」

「あっ!」

仁美の差し出したキーホルダーに、ぬいぐるみは目を丸くした。あわててリュックを探る。

「そうです。どうもありがとうございますー」

ぬいぐるみの濃いピンクの両手先に、仁美はキーホルダーを落とした。

「それ……お子さんの手作りですか？」

　マスコットを指さして仁美はたずねた。多分、あの小学生の女の子が作ったものだろう。娘もよく遊んでいる〝レンジ粘土〟というものだ。

「ああ、そうなんです。僕だそうなんですけど」

　ぬいぐるみは、うれしそうに笑った。そう言われてみると、ぶたに見えなくもない。お姉ちゃんではなく、下の子が作ったのかな？

「お父さーん！」

　階段の下の方から女の子たちが呼んでいる。

「あっ、すみません。じゃあ、失礼します。ほんとにありがとうございました」

　ぬいぐるみは折れ曲がるようにして、ぺこりと頭を下げた。仁美も頭を下げる。彼が階段を転げるように降りていってから、隣のホームに目を向ける。駅員はもういなかった。

　仁美は、ホームのベンチに座った。乗り損ねたチケットを見つめる。まだ無駄になったわけではない。無駄じゃないけど……。

　携帯電話を取りだし、青池に電話をする。

「あたしです」

「おお。もう新幹線の中かい？」

「違うわ。乗り遅れたの」

「ええっ」

青池は一瞬絶句したが、

「大丈夫だよ。ひかりの自由席なら乗れるから。次のひかりで来なさい。着いたら電話して」

「青池さん。あたし、行くのやめます」

「ええっ！　何で?!」

彼はさらに驚いていたが、仁美はかまわず続ける。

「青池さんもおうちに帰って。お父さんでしょ？」

「そんな、仁美ちゃん――」

「じゃあ、さよなら」

仁美は電話を切った。着信と発信の履歴《りれき》も消した。チケットをもう一度しげしげと眺める。ちょっともったいなかったかな。もうこんなチャンスないかも。――そんな気持ちもよぎったが、

「まっ、いいか」

周りに誰もいなかったから、そうひとりごちて立ち上がる。今度はもっと若い男をつかまえよう。それまでは、旦那で我慢するとするか。あのお父さんみたいにかわいくはないけれども、あれはあれでけっこういいところあるのだ。

差し出されたハガキには、「山崎ぶたぶた様」と書かれていた。

このレストランチェーンが発行しているポイントカードの利用者に送られる割引等の案内ハガキだったが、ここでの利用は初めてに違いない。一度来ていれば、絶対に忘れるはずがない。何しろ、二〇％割引のハガキを差し出しているのは、ピンク色のぶたのぬいぐるみなのだから。

「かしこまりました。おめでとうございます」

美浜百合《みはまゆり》は、マニュアルどおりに笑顔を浮かべて、そう言った。すごいすごい。あたしって、仕事できるって感じ。フロアマネジャーなんてすごく不安だったのだが、けっこうやれるかも。

と思ったのだが、裏に引っ込んだとたん、どーっと汗をかいていることに気づいた。サーバーの女の子たちが、一斉に寄ってくる。

「何なんですか⁈　あのぬいぐるみ！」

「動いてましたよ！」

「しゃべるんですか⁈」

「一緒にいる人たちは何⁈」

「ああっ！　お水飲んでる！」

ぬいぐるみが見える場所にみんなが行ってしまう。もちろん百合も。

「こらこら。仕事しなさい、仕事」

店長が女の子たちを蹴散《けち》らす。

「だって、店長――」

「料理が冷めるでしょうがあ」

女の子たちはぶーぶー言いながらも、仕事に戻っていった。

「美浜さん――」

内緒話をするように、店長は百合にすりよってくる。

「で、あのぬいぐるみは何？」

結局みんな聞きたいわけか。百合は苦笑した。

ここは、オージースタイルでおいしいお肉をリーズナブルな価格で提供しているステーキハウスだ。系列のファミリーレストランの上位店である。百合は、ここのフロアマネジャーに、つい一ヶ月ほど前に就任した。サーバーだった頃とは制服も変わり、黒のベストとパンツを着用する。フロア全体に目を配り、料理を出すタイミングを計り、会計の処理もする。何でも屋、という印象もなくはないが、店長や料理長と同等の権限を持つ。

会社がようやく自分の力量を認めてくれたのか、と最初は喜んだが、お客に声をかけられる回数が今までの倍以上になり、忙しさで目が回るようだった。それでも失敗をしないようにと気を張っていたのが、そろそろ途切れる頃だと自分でも感じていた。

そんな時に、ぬいぐるみがお客として来るなんて——これは、試練だろうか、と百合は泣くというより笑いたくなった。しかも、よりによってあんなハガキ持って。

「そうなの？」

店長がすっとんきょうな声を出した。

「そうですよ。しかも当日」

「いいの、いつもと同じで？」

「いつものじゃないってどういうのですか？　ぬいぐるみ仕様なんてないでしょ？」

「いや、日本語わかるの？」

「あれは日本語じゃなくて、英語じゃないですか」

「あ、そういえばそうだね」

店長はおかしな納得の仕方をして、自分の仕事に戻っていった。

そうだ。ワインを運ばなくては。それも百合の役目だ。

ぬいぐるみがいる席には、他に三十代くらいの女性が一人、その娘らしき女の子が二人いた。とてもなごやかで、楽しそうに見える。百合は、子供たちにオレンジジュースを配った。そして、ワインのラベルを見せるようにして、

「今日のおすすめのワインでございます」

と赤のボトルからグラスに注《そそ》いだ。

「味見なさいますか？」

どっちに訊きゃいいんだ、と思いながら、一応マニュアルどおり、女性でない方にたずねた。ぬいぐるみしかいないんだけど。

「あ、けっこうです」

ぬいぐるみの鼻がもくもくっと動いて、そう答える。男の声だった。なぜか複雑な気分だった。

百合は、二つのグラスにワインを注いで、その場から下がった。カチン、とグラスの合わさる音がする。

「おめでとう、お父さん」

立ち止まりそうになるのを必死でこらえて、百合は調理場へ入っていく。

「美浜さん！　どうしたんですか？　なんか顔が青い……」

女の子たちが心配そうに寄ってくる。

「親子よ……」

「え？」

「あのぬいぐるみと人間たち……親子なのよ」

「ええっ⁉」

という驚きの声を、全員でのみこむ。

「少なくともあの人間三人は、近くで見れば親子だってわかるのよ。そっくりなんだもん」

「そうでしたね」

水や食器を配った女の子がうなずく。

「今……子供たちが、あのぬいぐるみのことを『お父さん』って呼んでた……」

その場にいる全員が絶句する。

「父親に似ないで……よかったんでしょうか」

「何言ってんの?! 冗談に決まってるでしょ? ねえ、美浜さん、それ冗談ですよね?」

百合は黙ったままだ。呼んだのは確かだから。

女の子たちは、みんなムンクの叫びみたいな顔をしていた。いったい何を考えてそんな顔になっているのだろうか。だいたいわかるけど——。

「継父って発想はないの?」

「ケイフ?」

「〝ままちち〟って奴よっ」

「ママチチ……」

女の子だけでなく、調理場にいる男の子たちも含めて、何だか変なことを連想し始めたらしく、百合は「もういいや」という気分になってくる。

いやしかし、よく考えてみれば、自分の〝継父〟という発想も変だ。そんな発想をしている自分も、若い子たちを笑えない。どのような状況であろうとも、筋立てて説明するすべがない。

「ねえねえ！」

女の子が帰ってくるなり、興奮した面持ちで遠慮がちに叫んだ。

「前菜食べてるのおお！」

そりゃ食べるだろう――と思ったが、

「ぬいぐるみが?!」

「そうなんですぅ〜！　かわいいですぅ〜！」

手の空いているものが、一斉に柱の陰に移動する。

「ほんとだ、食べてる……」

「っていうか、消えてる……」

ワインもおいしそうに飲んでいるし。ぐびぐびと。いける口らしい。

「美浜さん、肉、肉！」

料理長が急《せ》かす声に、あわてて皿を受け取り、他のテーブルに配る。お客はみんな、あの変わった親子連れに興味津々《しんしん》だった。百合にも、「あれってほんとにぬいぐるみ？」「動

いてるけど、何か入ってるの？」とか訊いてくるのだが、面白いので、

「いつもご利用いただいているお客さまなんですよ」

とにこやかに答えてあげた。すると、自分の目の錯覚と思うお客も多くて、しきりに首を傾げたり、メガネを磨いたりしている。おかしくってしょうがない。

「美浜さん、肉食べられるのかね？」

戻ってきた百合に、料理長が心配そうな顔をして言う。

「食べられるって？」

「あのぬいぐるみ」

前菜の皿は、ほぼ空《から》っぽになっていた。ぬいぐるみはパンをちぎってバターをつけ、口に押し込んでいた。パンヤを自分で詰めているみたいだった。しかし、むぐむぐとほっぺたあたりが動き、ごくんと飲み下してしまう。マジックのようだった。

「大丈夫だと思いますけど……」

あの食べっぷり――と言うのであれば。

「なんかさあ、ミディアムレアなんだよね、焼き加減が」

伝票を見る。ミディアムレア二つ。ウエルダンとチキンが一つずつ（これは多分子供）。

百合は首を傾げる。

「何かおかしいですか？」

「いやあ……ぶたが牛を食べるって……しかも生に近い方で……」

それはミディアムレアじゃなくてもチキンでも同じことだろう、と思うが。あ、問題は生っぽいってところか。けど、それもよく焼いたからって……。

「パンも前菜も食べてるから……平気だと思いますけど。前菜に、カルパッチョとかもあったし……」

「そ、そうか。そうだよね」

いつも落ち着いている料理長が、妙にそわそわしていた。というより、もう店中がうわついていた。他のお客さんも、とっくに食べ終わっているのにデザートやコーヒーを追加したりして、帰ろうとしない。あの親子の行く末が気になって仕方がないらしい。ただ食事しているだけなんだが。

すみの方では、誰があのテーブルに肉を運ぶかで揉《も》めている。やがて一人が勝ち誇った顔をして、肉の皿とつけあわせを受け取る。重くて熱い皿には、塩こしょうだけのステーキが載《の》っている。肉本来の味を味わってもらうため、つけあわせは別皿だ。

「お皿が熱くなっておりますので、お気をつけください」

一オクターブくらい上の声で、そう言い、にこやかに皿をテーブルに置いた。が――みんな黙って、じっと肉を見つめている。そうだ。たいていの人って、サーブしている時は黙っているのだ。ぬいぐるみだからって例外ではなかった。小さな点目で、肉をじーっと

――。

女の子は、ショックを受けた顔で帰ってくる。

「何も聞けなかった……」

唯一聞いたのは、ぬいぐるみが子供たちへ「熱いから触るんじゃないよ」と言う言葉だけだったという。立派な男の人の声だったそうだ。しかも、そう言いつつ、自分は平気で触っていたらしい。なべつかみみたい、と百合は思う。

そうだ。

百合は、水のポットを持って、ぬいぐるみたちの席の隣へ行った。

「お水のおかわりいかがですか？」

二十代後半くらいのカップルは、さっきからコーヒー一口分を残してねばっていた。百合の突然の申し出に、素直にグラスを差し出す。

百合はゆっくりと水を注ぎながら、耳をすました。

「これ、よくできてるねえ」

男性の声がした。これがぬいぐるみか？　けっこういい声をしている。

これって何だ？　カップルの二人も、そんな顔をする。女性の声が続く。

「ほんとはみんなで作ろうとしたんだよね。でも、布がなかなか手に入らなかったし、いざ手に入ってもうまく縫えなくて――つるつるしてるから」

つるつるの布?

「お父さんが寝てる間に寸法測ったりしたんだよ」

「そうなのかあ。全然気がつかなかったなあ」

「結局、あきらめて、プロに頼んじゃったの。だって、適当に作ったら濡《ぬ》れちゃうし。どうせなら長く使えるものがいいと思って、オーダーメイドにしてもらったんだよ」

濡れる?　オーダーメイド?　いったい何だ?!

「ぎりぎりになっちゃってごめんなさい。本当は手渡ししたかったんだけど」

「いいよ、そんなのは。でも、ちょっと今日はあった方がよかったかな。ビニール袋かぶっちゃったよ」

どっと笑いが起こる。

「それより、お義父《とう》さんの様子はどうなの?」

「それが、大げさに騒いでただけで、全然平気だったのよ。結局この子たちに会いたかっただけだったんだよね。昨日入院して、明日退院なんだもん」

「倒れたっていうから、びっくりしたけど……」

「あなた、来なくて正解だったよ」

何だこの、ごく普通の夫婦のような会話は。見なければ、人間同士の会話にしか聞こえないぞ。意図的に見ないようにしているからこそ、そう思うわけで——一緒に聞いているはずのカップルも、不自然なまでに姿勢が良かった。

ついに百合は誘惑に負けて、顔をテーブルに向ける。下の女の子が、食べるのに飽きたのか、黄色い布を両手で持ってゆらゆらさせていた。彼女と目が合いそうになり、あわてて目をそむける。

「……何ですか?」

突然の問いに、百合ははっと息をのむ。

カップルが二人とも、下からすがるような目で百合を見ていた。百合は、そっと合図し、二人の耳を傾けさせる。

「雨合羽です」

その答えで満足したらしく、カップルは「はあ〜」と声を出し、何度もうなずいた。

その後、ぬいぐるみは家族からいろいろプレゼントをされているようだった。子供たちからは絵を贈られた。そっくり。色合いといい、鼻の位置といい……点目といい。

奥さんからは、手作りらしい革製の文庫本カバーだ。ぬいぐるみは、さっそくリュックから文庫本を出して、カバーをつけていた。うーん……あの表紙……トマス・ハリスだ……。

いつもの仕事に加え、始終そうやってぬいぐるみのことを気にし続けていたら、とても疲れてしまったけれども――それでも百合は見ずにはいられなかった。その親子の様子が、あまりにも朗《ほが》らかだったからだろうか。

高校を卒業してすぐにこのファミレスチェーンに入社し、フロア一筋にがんばってきた。ここのオープニングスタッフになって三年だが、それまではサーバーの女の子たちのように、お客さんの間をいつも歩き回っていたのだ。いろいろな人、そして家族を見てきた。一時《いっとき》もじっとしていない子供を押さえつけ怒鳴りつけながら食事をさせる母親、連れてきても幼い子供の食事の手助けをまったくしない父親、小学生の子供が手づかみで食べ続けても何も言わない祖父母、ひとことも言葉を交わさず笑みもなく黙々と食事をして帰る一家——。

何かが違うと思うことが多々あった。自分は温かな家庭で育ったんだ、と改めて実感もした。しかし、そんなことをこの職場で感じるのは、悲しいと思った。もちろん、いい家族もたくさん見たけれども、それを自分が実現できるかどうか——かえって不安になった。だから、理想の家族なんてないんだ、とずっと思っていたけれども、あのぬいぐるみのいる家族は、ある意味で理想と言えるかもしれない。何しろ、ぬいぐるみであろうとも、立派なお父さんなのだから。見慣れてくると、そうとしか思えなくなってくるのが不思議だ。子供たちも、ぬいぐるみをぬいぐるみとは思っていないのがよくわかる。彼女たちは、誰が何と言おうと、彼を自分のお父さんであると認めているのだ。

いや、認めているだなんて——と百合はちょっと恥ずかしく思う。偉そうなことを。自分が、ぬいぐるみからプロポーズされたら、と想像すると、やはり自信がない。そんなこと、今まで想像したことなかったけれども、それを受け入れられるってことは、どれだけ強い絆《きずな》が存在しているのだろうか。

「美浜さん、デザートできたよ」

料理長が声をかけてくる。珍しい。彼手ずからとは。

大きな皿の真ん中に、かわいらしい白いケーキが載っている。周りにフルーツとカスタードとチョコのソースが飾られ、ケーキの上には、ろうそくが一本。

「手の空いている人、来てくれる？」

と百合が呼びかけると、ぞろぞろと人がついてくる。いつもなら無理に用事を作って逃げるような者まで。本当に忙しい人だけが残ったが、みんなくやしそうだった。特に料理長は。

「今日は、お誕生日おめでとうございます」

百合は、ケーキをぬいぐるみに差し出した。彼は、びっくりしたような顔をしたが、すぐ笑顔になり、

「ありがとうございます」

と言って、ケーキを受け取ってくれた。百合は、ケーキのろうそくに火を灯《とも》す。

「お父さん、気をつけて」

子供たちが、彼をかばうように少し前に出た。火が移ると燃えるか?! ぬいぐるみだし。いつもだったら気恥ずかしくて、「何でこんなことを」と思ったりもするのだが、今日がこのぬいぐるみの誕生日だと思うと、何だか変に感慨《かんがい》深い。どこで生まれたんだろう。お父さんとお母さんは? 兄弟なんかいるんだろうか。何よりも——いったい、いくつ?

百合たちレストランのスタッフは、声を合わせて「ハッピーバースデイ」を歌い始めた。

ハッピーバースデイ　トゥユー
ハッピーバースデイ　トゥユー
ハッピーバースデイ　ディア　ぶたぶた——

歌い終わると、店中から拍手をもらった。こんなに大きな拍手は、初めてだった。そして、今まで残っていたお客が次々と立ち上がる。ぬいぐるみの名前が「ぶたぶた」だと知るまで、待っていたかのように。

店長はとたんに会計に忙しくなり、サーバー役も急いでテーブルを片づける。けれど、百合はまだぶたぶたたちのテーブルにいた。

「記念のポラロイド写真、お撮りしますね」

百合はそう言ってシャッターを切る。

「あ、ごめんなさい。ちょっと失敗してしまいました。もう一枚、よろしいですか?」

ぶたぶたたちは、快くもう一度ポーズを取る。今度は、家族全員が笑顔で写っている写真ができあがった。百合はそれを差しだし、

「ごゆっくりお食事、お続けくださいね」

と言って、裏に下がった。止まらずにどんどん歩いて、控え室まで戻ってしまう。

誰もいないことを確認してから、失敗したポラロイド写真をポケットから取り出す。確かに失敗作。だって、奥さんと子供たちが切れているんだもの。写っているのは、ぶたぶただけ。

あたしにとっては、よく撮れてる写真だと思うけど。

そう得意げに思い、百合は写真を自分のバッグにしまい込んだ。

夜になって、弱々しく降り続いた雨が上がった。

昭生は、うとうとしながら、ベランダに座っていた。ハナを抱いているのだが、何だかむしむしして、暑い。こういうの、猫はいやがるものなのだが、熟睡しているのか、動きもしない。

お父さんとお母さんは、もう寝ている。引っ越しそばをとって食べてシャワーを浴びて、九時過ぎには寝てしまった。よほど疲れたらしい。

昭生もベッドに入ったのだが、どうしても眠れず、こうしてハナとベランダに出た。まだ向かいの部屋が気になっていた。夜になっても灯《あか》りがつかない。出かけているんだろうか。でも誰が？　ふとん？　洗濯物？

さっきまですごく目が冴《さ》えている、と思っていたのだが、今は眠い。どうしてお向かいに灯りがつかないんだろう。別に灯りなんていらないのかもしれないけど。だってふとんだし。目があるとも思えない。

今度、あの部屋に行ってみようかな。そんなことを朦朧《もうろう》とした頭で思う。が、行ってみてどうするか、というところまで考えが及ばない。とにかく行ってみたい。行ってみれば、きっと謎《なぞ》が解ける、と昭生は思っていた。そこから、たいていの物語は始まるものだ。

その時、向かいの部屋に灯りが灯った。

昭生も、ぱっと目を見開く。薄いレースのカーテンに透けて、動いているのは女の人だ。小さな女の子を抱いている。眠っているらしい。

とたんに昭生はがっかりする。何だ、普通の人間がいるんだ。ふとんと洗濯物だけ暮らしているわけじゃないんだ。

寝よう、と立ち上がりかけた時、ガラス上半分の透明な部分に、人間じゃないものが映っているのに気がついた。

ぬいぐるみが、カーテンを閉めている。昭生は、ベランダに身を乗り出した。

窓の中のぬいぐるみは、ベランダの昭生に気づいたようだった。目が合ったのだ。

「ハナ、ぬいぐるみだよ。ぶたのぬいぐるみだ……」

ハナは、うにゃうにゃと寝言を言うだけだった。

ぬいぐるみは、昭生に向かって手を振る。とっさに昭生も手を振り返す。

それだけだった。ぬいぐるみはカーテンをひいて、姿を消した。灯りも消える。

しばらく昭生は呆然《ぼうぜん》と立ちすくんでいたが、ハナがうなりだしたので我に返る。

やっぱ、あの部屋に行かなくちゃ。あそこは、ふとんと洗濯物と、動くぬいぐるみが住んでいる。あの女の人だって、魔法使いとかかも。女の子は、まさかさらわれた?! いったいあの部屋では、何が行われているんだろう。

やっぱ、東京ってすごい。今日はとても眠れそうにない。昭生は、どきどきしながら部屋の中に戻っていった。

あとがき

はじめましての方もそうでない方も、お読みいただきありがとうございます。

シリーズ第三作目『ぶたぶたの休日』も無事に再刊されました。

シリーズ第一作『ぶたぶた』では長年放置されていた脱字に気づきましたが、今回は今までずーっと誤解してきたことに初めて気づきました。

どことは言いませんが、多分この再刊がなければずっと誤解したままだったのではないか、と。恥ずかしい……。

とはいえそれ以外は、やはりほとんど直すところがありませんでした。

けど、もう十年くらいすると「携帯電話」という言葉が怪しくなりそうです。今はみんなスマートフォン――スマホだしなー。スマホだって携帯電話の一つだけど、言葉自体がどうなるか。

ガラケー（ガラパゴス化した携帯電話）が本当になくなってしまうと、ぶたぶた本人も困るはず。あの指で……手先でスマホはいじれなそう。使えるんなら、サクサク活用するでしょうが。

彼のためにもガラケーには生き残ってもらいたい。ちなみに、私もまだガラケーです(りんご印のタブレットは使ってるけど！)。

でも、ぶたぶただったら、ケータイがなくとも充分生活を楽しみそうだし、それをネタに一つお話ができそうです。

いつものように、お世話になった方々ありがとうございます。

ブログやツイッター、掲示板などでのレスが充分できていませんが、暖かく見守っていただけるとうれしいです。

ぶたぶたのことをもっと知りたい！　という方は、ぜひ私のブログ（http://yazakiarimi.cocolog-nifty.com/）をご覧ください。

それでは、また。

矢崎存美

BUTA-BUTA

矢崎存美　ぶたぶたシリーズ

大好評！

著作リスト

『ぶたぶた』
（廣済堂出版　1998年9月、徳間デュアル文庫　2001年4月、
徳間文庫　2012年3月）

『刑事ぶたぶた』
（廣済堂出版　2000年2月、徳間デュアル文庫　2001年6月、
徳間文庫　2012年11月）

『ぶたぶたの休日』
（徳間デュアル文庫　2001年5月、
徳間文庫2013年2月　※本作品）

『クリスマスのぶたぶた』
（徳間書店　2001年12月、徳間デュアル文庫　2006年12月）

『ぶたぶた日記《ダイアリー》』
（光文社文庫　2004年8月）

『ぶたぶたの食卓』
（光文社文庫　2005年7月）

『ぶたぶたのいる場所』
（光文社文庫　2006年7月）

『夏の日のぶたぶた』
（徳間デュアル文庫　2006年8月）

『ぶたぶたと秘密のアップルパイ』
（光文社文庫　2007年12月）

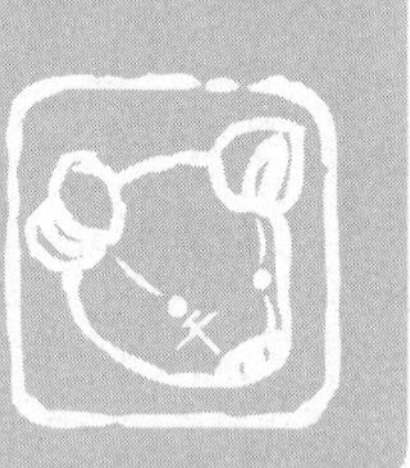

『訪問者ぶたぶた』
（光文社文庫　２００８年12月）

『再びのぶたぶた』
（光文社文庫　２００９年12月）

『キッチンぶたぶた』
（光文社文庫　２０１０年12月）

『ぶたぶたさん』
（光文社文庫　２０１１年８月）

『ぶたぶたは見た』
（光文社文庫　２０１１年12月）

『ぶたぶたカフェ』
（光文社文庫　２０１２年７月）

『ぶたぶた図書館』
（光文社文庫　２０１２年12月）

◆マンガ原作

『ぶたぶた』
（安武わたる・画／宙出版　２００１年11月）

『ぶたぶた２』
（安武わたる・画／宙出版　２００２年１月）

『刑事ぶたぶた１』
（安武わたる・画／宙出版　２００２年11月）

『刑事ぶたぶた２』
（安武わたる・画／宙出版　２００３年１月）

『クリスマスのぶたぶた』
（安武わたる・画／宙出版　２００３年11月）

『ぶたぶたの休日１』
（安武わたる・画／宙出版　２００４年１月）

『ぶたぶたの休日２』
（安武わたる・画／宙出版　２００４年６月）

◆単行本未収録短編

『ＢＬＵＥ ＲＯＳＥ』
（「ＳＦ Ｊａｐａｎ」／徳間書店　２００６年秋季号）

この作品は2001年5月徳間デュアル文庫として刊行されました。なお、本作品はフィクションであり実在の個人・団体などとは一切関係がありません。

徳間文庫

ぶたぶたの休日《きゅうじつ》

2013年2月15日 初刷
2021年11月25日 3刷

著者 矢《や》崎《ざき》存《あり》美《み》
発行者 小宮英行
発行所 株式会社徳間書店
東京都品川区上大崎三—一—一
目黒セントラルスクエア
〒141—8202
電話 編集〇三(五四〇三)四三四九
販売〇四九(二九三)五五二一
振替 〇〇一四〇—〇—四四三九二
印刷 本郷印刷株式会社
製本 ナショナル製本協同組合

ISBN978-4-19-893664-8 (乱丁、落丁本はお取りかえいたします)